创/意/写/作/书/系

30 天写小说

No Plot ? No Problem!
A Low-Stress, High-Velocity Guide to
Writing a Novel in 30 Days

克里斯·巴蒂（Chris Baty） 著

胡婷 刁克利 译

中国人民大学出版社
·北京·

"创意写作书系"顾问委员会

（按姓氏笔画排名）

刁克利	中国人民大学
王安忆	复旦大学
刘震云	中国人民大学
孙　郁	中国人民大学
劳　马	中国人民大学
陈思和	复旦大学
格　非	清华大学
曹文轩	北京大学
梁　鸿	中国人民大学
阎连科	中国人民大学
葛红兵	上海大学

献给我的父母，
他们始终相信，我能够做到

前言

No Plot? No Problem!

回想起来,这个时代对看似愚蠢的想法确实格外垂青。

那是1999年,当时我住在美国旧金山湾区,想当一名作家,喝掉了太多的咖啡,也见证了网络繁荣重新改变了我周围的生活规则。

想当年,我和朋友们都想着继续在职场上打拼三年,其实也就是互扔几下塑胶球,上演几场激烈的办公椅竞速大赛,然后就可以兑现用辛苦钱买来的股票,在某个地方购置一座小岛,迫不及待地开始我们的退休生活。我们觉得这种想法不但可行,而且肯定能够实现。

那是个美妙的时刻,美妙得令人难以置信。也就是在那个时刻,我突发奇想,我真正想要做的是在一个月内写一本小说。这并不是因为我有了写作灵感;恰恰相反,对写一本书,我一无所知。

这个主意却在1999年得到了落实。

如果在一个更加理性的时代,我的一个月写一本小说的想法将被视为不切实际。然而,第一届全国小说写作月(NaNoWriMo)活动在两个星期之后就正式开始,而且我在湾区认识的几乎所有人都参加了。

显而易见,参与这次活动的21个人既非天资聪颖,也没有正式的小说写作经验。我们在大学里都没有选过创意写作课程,也没有读过任何关于小说写作的指导书。我们大家小学毕业以后写过的故事加起来,

30天写小说

估计一张便利贴就足以记录在案了。

　　对于我们这不知天高地厚的勃勃雄心，我唯一能做的辩护就是：在这个时代，宠物用品网上零售额都可以比 IBM 的市值还要高。看着周围每天都有这种事情发生，给你的感觉是：看似不可能的事情却有可能实现。旧千年已经接近尾声，更好的新世纪正迎面走来。我们都是二十几岁的年轻人，根本没有认真想自己在做什么，但是我们知道我们热爱书籍。这就是我们写作的动力。

书生气的痞子

　　正是这种对书籍的热爱才是我们发起全国小说写作月活动的初衷。无论我们当初对活动的态度多么不严肃，我们对书都充满了敬意。因为它是美德的累积，一旦打开书页，就能够激发最美好的想象。它如同我们最真诚的伴侣，带领我们走入精彩的世界，在那里我们见证了至爱与至恶；它如同我们的父母和挚友，是我们最早的导师；当我们踏出童年的门槛，是它指引我们初次领略这激动人心的世界。

　　如果我们对书籍充满了热爱，那么我们对书籍的作者也同样充满敬仰。小说家在我们的眼中显而易见是与众不同的智者。他们受到文艺之神的眷顾，不仅对人类状况有着深刻卓绝的认识，而且拥有将这种认识诉诸文字表达的超凡能力。

我们都知道，小说家有自己的特权。他们是书店的宠儿，关于他们是天才的见解永远是报纸和杂志竞相报道的焦点；他们可以名正言顺地身着奇装异服，留着早已过时的发型，甚至他们的缺点也被认为是充满魅力的癖好和独特气质，而非社交障碍。

小说家的最大好处是，写小说是他们可以从事一生的活动。写作能够保证你在失去青春年华和美貌容颜之后，仍旧拥有一份属于自己的事业。这可是休闲娱乐业中少有的行当。

总之，我们崇拜小说和荣耀加身的作家。我们期待，经过一个月的努力，如果我们有幸能够成为那个充满魅力的小说世界里哪怕是最微不足道的一分子，我们也会因此而有一些奇妙的改变。一个月内，从零开始写作一本小说——不论最后写出的小说多么不堪——这一想法本身非常诱人。虽然我们从未承认，但是我相信大家都心存希望，也许，仅仅是也许，我们最后能够充分发挥自己的想象力，创作出一部不容置疑的杰作，一部可以恒久改变文学版图的伟大著作的初稿，一部偶然天成的美国小说杰作。想想这意味着什么！多么令人心满意足！这会给我们带来多少机会啊。

这最后一点让我们震撼的力量不可低估。作为一个音乐爱好者，我知道这是有可能实现的。摇滚乐的历史上有很多自学成才的音乐家，他们一开始都是自行录制专辑，然后才学会了如何摆弄乐器。英国最有影响的朋克摇滚乐队之一性手枪乐队①，美国的第一支朋克乐队雷蒙斯②，

---

① 性手枪（The Sex Pistols）是英国最有影响的朋克摇滚乐队之一。——译者注。本书所注除特别说明外，均为译者所加，不再注明。

② 雷蒙斯（The Ramones）乐队成立于1974年，被认为是朋克音乐的先行者，也是美国的第一支朋克乐队。他们于1976年发表的首张同名专辑，成为朋克音乐蓝本之作。

后朋克时期的美国乐队偶发新闻①——他们都是未经雕琢、没有受过专业训练而从无名小卒到在音乐领域称王称后的鼓舞人心的例证。他们依靠的完全是执著的热情。

我们都幻想着有许多挤破头的粉丝,带着尖叫声,簇拥在我们的小说签售现场。这是1999年掠过我们心头的狂热幻想,虽然我们对谁都不会承认。我们给出的正式说法是,一个月写小说活动的目的是一个快速的写作尝试。在这个活动中,你写得越多,越是看似不在意,你才越显得有地位。

所以,在第一届全国小说写作月活动之初,我们这些参加者对自己毫无准备、毫无胜算的小说创作粲然一笑,互道祝福。就如同毫无航海经验的人因为喝醉酒打赌而成为水手一样,我们从一开始就踏上了一艘已经在下沉的船,还有什么可顾及的呢。

总之,1999年7月1日,全国小说写作月活动就这样开始了。我们21个人就像要出海的水手一样,向前来祝福的人们挥手告别,与我们的家人、朋友拥吻致意,同时也惴惴不安地偷偷盯着码头的救生筏,对未来充满了担忧。

我们当时还不知道,要过多久我们会需要救生筏的帮助。

迷茫的一个月

历史上最著名的作家之一、同时也具有冠军级滑冰技巧的拉尔夫·瓦尔多·爱默生②曾经写道:"在薄冰上滑行,速度是安全的保证。"同

---

① 偶发新闻(Beat Happening)是后朋克(Post-Punk)时代真正具有创造力和有影响的美国乐队之一。偶发新闻乐队成立于20世纪80年代早期,灵魂人物为凯文·约翰逊。

② 拉尔夫·瓦尔多·爱默生(Ralph Waldo Emerson,1803—1882),美国思想家、文学家。著名作品有《美国学者:爱默生讲演集》、《爱默生散文选》等。

样的道理，为了避免通向文学创作的死角，我们只能以快制胜。

全国小说写作月活动的第一周，我们就感受到了时间的紧迫。为了让写作目标更加明确，大家一致同意将 5 万字①定为小说写作的目标。面对这么高的目标，小说字数很快取代质量成为我们追求的首要目标。每天晚上，在下班之后，我们都会到咖啡馆见面，坚持再写上几千字。

在写作时，我们规定了每天的字数定额，有意识地组织彼此之间的挑战和竞赛。例如：没有完成字数定额的人就不能去续杯，或者不能去洗手间，直到他们达标为止。这类竞赛荒唐而有趣。写作初期阶段的诸多不确定性使我们比正常情况下更加勤勉和努力，也使得在如此短时间内创作一本小说的过程变得更加生动、有趣，如同我们开启了热闹的小说王国之旅一样。

开始几天的热闹气氛再加上写作进行得比较顺利，我们的心情都十分欢畅。很快我们就设计好了小说背景、主要角色，而且也轻松地写出了前几章。似乎最难的部分已经攻克，我们的写作顺利起航。同时，我们也乐观地坚信，不管前方的路多么崎岖，文艺女神缪斯一定会指引我们走出迷途。

但是，事实证明，缪斯女神根本无暇顾及我们的创作。

停滞不前

七天之后，最初的兴奋消失殆尽。我们终于认识到一个残酷的事实：我们的小说写得不好，甚至可以说很糟糕。随着第一周的结束，令人陶醉的写作速度明显下降，我们重新翻看自己的小说，感觉就像三年级小学生眼睁睁看着一大份摞得高高的美味甜点被换成一盘平淡乏味的

---

① 5 万字为英文写作的情形。在我国，通常把几千字到两万字的小说称为短篇小说，3 万字到 10 万字的小说称为中篇小说，10 万字以上的称为长篇小说。字数的多少只是区分短篇、中篇、长篇小说的因素之一。——编者注

蔬菜沙拉一样，无奈而沮丧。

在一次写作讨论会上，我们讨论了写作越来越没有动力的事实。很显然，大家都面临着同样的问题：开头容易，坚持难。我们承认，也许随兴所至地一下子写出很多各种各样的人物并不是开始小说写作的最好办法。在本来就很紧张的情况下，再挤时间写这么长的小说或许注定会将我们的写作和生活都带入僵局。

我们的生活确实受到了很多干扰：把所有能自由支配的时间都用来写作，这就意味着周末也不能睡个安稳觉，不能看日场电影，不能和朋友们聚餐吃饭，取而代之的是对小说人物的无尽思虑，以及对只有面条和可乐的快餐会不会损害身体健康的担忧。

在写作第二周，我们全都乱了套。一半的参加者退出了活动。没有退出的人也很不幸，因为曾经到处放出自己要创作小说的豪言壮语，所以虽说想要放弃，却实在是不好意思不撑到月底。我们只好硬着头皮写下去，继续参加已了然无趣的写作讨论会。我们已经完全没有了要实现之前宏伟目标的想法，只是想坚持到最后而已。

第二周就这样过去了。紧接着却有一些奇妙的事情发生了。

我们前两周创作的漫无目的、无精打采的小说人物似乎开始显露生机，他们开始有了自己的行为、动作和故事。他们卖掉了自己的越野车，开始转乘高尔夫球车；他们加入波尔卡舞队，然后遭到森林动物的绑架，最后却发现自己与私人疗养院的邻居们一起组织抢劫珠宝。

看起来似乎我们的小说人物已经不耐烦了，他们不愿意再等待我们发号施令，而开始自己掌控故事的走向。幸运的是，他们似乎比我们更会讲故事。

乏善可陈的第二周过去之后，我们小说的故事情节开始跌宕起伏。当然，我们还很疲惫。但是，我们的小说已经不再像萦绕颈间的信天翁，而是迎着生活的狂风暴雨飞向了正在远方招手致意的港口。我们晚上的写作也不再伴随着抱怨和苦难,而更多的是憧憬和期盼,期待小说不断有新的进展。在早上上班的路上,我们如果想到故事情节的突破点,就会用电话录音;也会随手在餐巾纸、收据等纸条上写下即时想到的背景故事。我们会抓住手头的任何东西,及时记录我们疲惫过度的大脑涌现出来的想法。

公平地讲,我们输入电脑的小说与内心期待的天才之作相去甚远。我们的小说看起来呆板、牵强,情节破绽百出,结局松散随意。但是,它们也有独特的魅力。当然肯定也有惊人的潜力。

如果你能建成,凯文·科斯特纳就会来

毫无疑问,小说写到这个时候,我们对自己的想象力惊叹不已。感觉像跌跌撞撞地通过了一道门,闯入了令人眩晕的阴间冥界,进入了一个成年人的纳尼亚世界,在那里,时间瞬息万变,你想象中最可恶与最美妙的事情都如历其境,幻影成真。

这是我所拥有的最精彩、最满足的经历之一。唯一可以与之媲美的就是电影《梦幻之地》[①]——在这部电影中,凯文·科斯特纳扮演了美国爱荷华州的一个农民,他一直听到有一个声音告诉他:"如果你能建成,他们就会到来。"

在这个神秘声音的指引下,凯文不顾妻子的反对,在当时的情况下做了任何一个有自尊心的男人都会做的事:推倒自己的麦田,在自己的农舍旁边建了一个专业级别的垒球场。在当时看来,他的确很疯狂,着魔似的,像个傻蛋。

这也正是全国写作月活动进行到第四周的时候,我们这些人的真实

---

① 《梦幻之地》(*Field of Dreams*,1989)是由菲尔·奥尔登·罗宾森编剧兼导演的一部美国电影,主要演员有:凯文·科斯特纳、埃米·马迪根、盖比·霍夫曼、雷·利奥塔和詹姆斯·厄尔·琼斯。电影的故事情节如同本书作者所述。

写照。

在电影中，科斯特纳的疯狂努力得到了回报，盼望已久的垒球大赛在那里上演了，著名美国演员詹姆斯·厄尔·琼斯也现身其中。同样，对我们来说，收获同样丰厚。经过两个星期对想象力的奋力挖掘，我们一直艰难行进的故事终于结出了繁茂的果实。在第三周，我们收获了曲折的故事情节和精彩的人物，它们都急切地等待着在我们已经搭好的舞台上展现风姿。

尽管我们的小说人物肯定不擅长垒球运动，但是他们也有自己擅长的领域。例如：我的小说人物擅长与不该有情感纠葛的人发生感情纠葛；还有一个人的小说人物喜欢开车旅行；还有的人塑造的人物擅长发明怪异的字体，看过之后，让你头疼欲裂。

这些人物都独一无二。不管我们的小说情节走向如何，他们确定无疑都在行进当中。而且，他们拖着我们一路随行，欢呼雀跃，大开眼界。

在写作月的第 29 天，一位参加者首先完成了 5 万字的写作目标。随即大家也纷纷完成了自己的小说。7 月份就这样结束了，我们和当初决定要用 31 天探索我们想象力的极限时一样兴高采烈。我们做好准备回归现实生活。于是，我们将写出的故事尘封，将塑造的人物束之高阁，一个接一个关上了我们创造的那个小说世界的明灯。

在第一届全国小说写作月活动中，21 个参加者中只有 6 个人完成了 5 万字的小说写作目标，其他人的字数则在 500 到 49 000 字之间。虽然很多人没有达到字数要求，但是每一个人都有了一次宝贵的经历，并且都深受其影响。

实事求是地讲，有些参加者在这次写作经历之后，痛下决心再也不写作了，有的人却决定马上申请攻读创意写作方向的研究生。对我来说，最大的启示就是：阻碍人们实现文学创作梦想的并不是缺乏天赋，而是缺乏截止日期的压力。只要给自己制定一个宏伟的目标，有一个和谐的环境和适当的期限限制，奇迹就会发生。

得益于这次活动贵在坚持、不断写下去的要求，写出精彩、经典作品的压力得到了很好的缓解。参加者们感受到的更多是通过写作进行探索的乐趣，也享受接受挑战和犯错误的过程。顺其自然，乐观其成。

我发现，致力于数量而非质量的写作有时候反倒能够两者兼得。我有时候为了给地方报纸写 75 个字的评论就会伤脑筋好几天，这使我尤其觉得这件事不可思议。但事实胜于雄辩。所有在第一届全国写作月活动中完成了写作目标的人都认为：我们之所以能够如愿完成写作——而且又非常享受整个写作过程——原因就在于我们写得又快又急。由于时间紧、压力大，我们肾上腺素咆哮的声音早已盖过自我批评的声音，从而减少了成年人进行创意写作时的过多顾虑。

经验教训

自 1999 年开始，我每年都组织全国小说写作月活动。到 2010 年，我总共写出了八本经过修改后可以出版的书，还有四本无论怎么修改都毫无希望的草稿，也许这四本草稿的最好归宿就是用来垫沙发。通过这些写得好的和写得不好的书，我学会了如何写出第一遍草稿，获得了数不清的谋篇策略和写作技巧，也知道了即使是室友恼人的行为也可以有助于你的写作。

不过，自第一届全国小说写作月活动起，我总结的持久有效的经验教训主要有以下四点：

一、无须等待写作启蒙

在组织全国小说写作月活动之前，我一直搁置着创作小说这一想法。事实上，我一直在等待，期待着有一天随着年龄的增长，积累更多的智慧，直到达到了文学创作彻底启蒙和觉悟的状态，我才能真正开始写小说。

我一直认为，只有拥有了全知全能的智慧，才能构造出精彩绝伦而且具有原创性的情节，才能刻画出灵动而有说服力的人物。经过这样的沉淀，我才能细心筛选写作素材，最后写出一本优秀的作品。

如果一切都这样按部就班地进行，我想在我年满90岁时总应该能够实现彻底的文学创作启蒙吧，不过估计那时我的白头发都已经掉光了。到那时，等到一切条件都成熟了，我也只能把自己有望得诺贝尔文学奖的作品听写给我的助手或者养老院的护士，指望他们给我的小说找个合适的出版商了。

在26岁的时候能够写出一本还不错的小说，这让我认识到，就写作而言，早行动肯定比晚行动要好得多。人生的每一个阶段都有着独属于这个阶段的热情、困惑和精力，而它们对小说创作都各有价值。我26岁时写的小说肯定与我30岁时写的小说不同，当然我50岁时写的小说与我30岁时写的小说肯定也不同，至少我希望有所不同。如此说来，这不正是我们从现在就开始写小说的最好的理由吗？人生的每一个阶段都可以写出新的小说。如果一味往后拖延，那么我们本来有望写出的一本好书就可能会被错过。

二、忙碌有益于写作

你也许听过这样一句谚语：最繁忙的人办事效率最高。我发现这句谚语在写作上尤其有道理。

原因如下：一个作家有大量的时间写作，这的确令人羡慕。但是，如果他一整天都围绕着一本小说用心思，事实上并不利于提高写作效率。此前，我认为，我没能参加著名脱口秀主持人奥普拉·温弗瑞的读书会的唯一原因是：我没有完整的三个月时间来写作。

所以，在接下来的半年里，我努力存钱，以便能够腾出三个月的时间，可以做一名全身心投入写作的高效率的专职作家。

但是事情几乎马上就走向了错误的方向。当我有大把的时间写作时，我发现我几乎整天都没有在写作，而总是在干一些琐事，例如洗衣服、清理卫生间等。主要的事情没干多少，次要的事情没有少干。卫生间清理了一遍又一遍。我甚至无聊到去帮社区里的小松鼠设计从一个树枝转移到另一个树枝的路线装置，要不是动物管理委员会的阻止，我可能真的就落实了。如此等等，就这样荒废时日。

一到晚上，内疚感就萦绕心头。想想白天就写了那么一点，我只能取消晚上和朋友们外出的计划，希望能够熬夜再写点东西。

但是，其实晚上的时间还是被浪费在了无聊的事情上。

三个月之后，我十分沮丧。我的朋友们也很担心我的状况，而社区的那些小松鼠们也还是用自己跳跃的方式从一个树枝转移到另一个树枝。我专门腾出三个月的时间用来写作的做法毫无效果。

之前我一直认为，只要有大把的时间，总会写出自己满意的作品。但是，参加了第一届全国小说写作月活动之后，我开始怀疑这一点了。第二届全国小说写作月活动再次证明了这种想法确实是错误的，短短一个月内就能创作一本小说就是最好的例证。

经历这件事情之后，我明白了：只有在忙碌中抽时间写作才能成功。如果你已经有一百万件事情要做，那么再加一件事，根本就是九牛一毛；但是如果你无所事事，那么你会觉得就算是下午两点起床，连洗漱都难以完成。

正如英国物理学家艾萨克·牛顿所说，运动中的物体由于惯性会保持运动的状态。写小说的初稿时，只有保持繁忙的写作状态才能高效地完成目标。也许一开始你会觉得特别沮丧，因为写作时总会被琐事打扰，被家人打断，但其实这些都有益于促使你完成写作。也许这其中的部分原因在于，正是这些干扰激励你以更高的效率去写作。但是，最重要的原因是，这些繁杂的生活琐事和干扰让你觉得写作不再是一个任务而是一种享受、一种忙里偷闲。这也许只是一种内心转变，但往往就是这种想法的转变在改变着世界。

三、情节发展顺其自然

第一次参加全国小说写作月活动的经验告诉我，只要你打开电脑开始写作就可以了，你不需要查资料，不需要想好人物设定和情节安排，什么都不要想，只要开始写就好了。你不必是一个有天赋的小说家，你只要顺其自然写下去，情节和人物自然而然就会出现，而且会得到不断完善。在第一届全国小说写作月活动中，我在开始写作时根本没有想过小说的人物和情节，但是当我完成小说之后却发现我写得其实还不错，有情节张力，也有人物动机，甚至不仅有主要情节还有次要情节。其实我在写作时根本没有想那么多。

只要你的人物出现在小说中，那么情节自然而然就会发展。写小说就好像是从一个吊架跳到另一个吊架一样，你要绝对相信自己的想象力和直觉，勇敢地向前跳跃。

好在我们的想象力正是因为这些高压的挑战而生机勃勃。人脑是如此的灵活机敏，如此不拘一格，无论我们有怎样不着边际的想法，它都有办法让其看起来真实可信，也总能让我们无论如何做都不伤大雅。

写小说的关键在于要对自己有足够的信心。美国科幻小说作家雷·道格拉斯·布莱伯利说得最好："直觉是写作最好的指引，所以不必踌躇不前。"

四、为了写作而写作有意外回报

从第一年的经验中，我体会到写小说是一件很棒的事情。写作时文思泉涌，故事里都是自己感情的自然流露，生活也变得有滋有味。小说写作无关乎才能，而只是一个压力很小但收获颇丰的爱好。

完成自己的小说之后，我发现自己在看喜欢的书时可以从更高的水平上去欣赏。小说对我来说不再是理所当然，我能够看出其中的奇思妙想和暗藏玄机。也正因为我对自己喜欢的书有了更深刻的认识，我也从中学到了很多写作秘诀，毕竟这些书是艺术精品，它们对我自己的写作有很大帮助。自己动手写小说也开阔了我的眼界，享受到了我以前不曾阅读过的文学类型带来的乐趣，因为我对不同种类的书籍的写法产生了浓厚的兴趣。

我写得越多，写得也越好。现在，我觉得每一本用一个月时间完成的小说都是对我最好的奖励，就像我到世界上最好的写作研究院深造领到了奖学金一样开心。有一句话，肯定所有成功的小说家们都同意，那就是：提高写作水平的最好办法就是不停地写。

随着你作品数量的增加，你会觉得写作的感觉十分舒服，你会对自己的写作风格越来越有信心。对我来说，写小说就像上写作课一样，所取得的进步既来自于巨大的成功，也同样得益于惨烈的失败，对我来说二者都是一种让我欣喜的自我释放。通过写小说我也认识到了自己擅长写的是什么（喝咖啡和抱怨），自己的弱项是什么（对话、人物发展、情节等）。

如果不是这种宝贵的经历，我也许永远不会受益如此良多。

回到全国小说写作月活动总部

那么第一届全国小说写作月活动举办之后又发生了什么呢？2000年，我把全国小说写作月活动的举办时间从 7 月改到了 11 月，希望糟糕的天气能够吸引更多的人参与其中。第二年，140 个人参加活动，29

人完成了写作目标。

全国小说写作月活动开始引起更多的关注。《洛杉矶时报》就此写了一篇文章,《今日美国》也对这一活动进行了报道。一位天才的电脑网络工程师为全国小说写作月活动设计了新的、更有活力的网站,包括讨论平台、小说选读版块、个性化的小说字数进度记录以及成功者验证系统。

这一活动的规模不断扩大,到第三年举办的时候已经有 5 000 人参加。我作为活动的组织者和参加者,负责发电子邮件鼓励大家参与活动,监督活动网站的运作以及与世界各地的小说写作月活动分会进行沟通。

到 2010 年 11 月,全国小说写作月活动已经走过了 12 个年头,共有来自一百多个国家的 20 万参与者一起庆祝。我计算了一下,全国小说写作月活动中创作的小说数目比美国所有创意写作项目中创作的小说数目加起来还要多。

将近一百位参加者对自己的小说进行了修改,并且交由正规的出版社出版,独立经营的出版社和像西蒙-舒斯特、哈珀柯林斯或者华纳图书这样的大出版公司都参与了出版。出自全国小说写作月活动的两本小说获得了《纽约时报》最畅销小说的殊荣,其中一本就是萨拉·格伦的《大象的眼泪》。全国小说写作月活动的最大收获并不是出版这些小说,而是我们这些平常人,通过一个月的疯狂努力之后发现,原来我们完全可以参与到文学创作中来,而不仅仅是做一个旁观者。很多人认识到,只要我们不苛求完美、不踌躇顾虑,只要我们勇往直前、敢于创新,小说创作就会带给我们惊喜。这样的人才是最终的受益者。

你的任务

本书正是我们参加全国小说写作月活动,进入想象力的奇妙王国,开启创作之旅的指导手册和最佳伴侣。本书共分九章,我尽力呈现积累多年的小说写作经验、技巧、策略和注意事项等,并讲述来自十几位全国小说写作月活动元老级参与者们的励志故事、趣闻逸事。第一章到第三章告诉读者如何为参加小说写作月做好准备，指导读者制定切实可行的计划，同时准备小说创作所需的一切储备。这三章还会告诉你如何把自己周围的环境变得有利于写作，如何让身边的人为你的创作加油、鼓劲，伴你在小说写作的路上前行。

第四章介绍小说写作中的一些基本概念：情节、背景以及人物，同时帮助读者发现自己写作的兴趣点，以便在即将开始的写作之路上得心应手。

第五章到第八章是针对小说写作月活动中每周的具体指导，指出小说写作中每一周会遇到的问题和困惑，提供练习以激发创造力。通过一些看似笨拙的办法，鼓励参加者在保证故事流畅、内容协调的基础上完成既定的字数要求。

第九章提出了对于参加者在小说完成之后的生活方面的建议，尤其针对如何从小说创作的世界回到现实生活中，当然还包括对小说做进一步的修改以便出版的指导意见。

本书对那些即将参与当年11月举办的全国小说写作月活动的人来说是不可多得的良师益友。但是11月对很多人来说也许早已安排紧凑（尤其是在校学生），所以对那些不能参加当年全国小说写作月活动的人来说，本书也可以提供帮助，在本书的指导下开启自己的一个月写小说的旅程。

不管你计划在冬季还是夏季、下一周还是下一年开始小说写作，我都衷心希望这本书能够恰到好处地提供你需要的指导，希望本书能够帮助你在一个月内将自己酝酿已久的想法变成实实在在的小说。

献上我最衷心的祝福！

克里斯·巴蒂

No Plot ? No Problem !
目录 | Contents

第一部分
小说王国环城之旅：
开启你的写作大冒险

第一章　设定期限：秘密武器助你实现写作梦想 / 3
第二章　分秒必争：亲人鞭策督促完成写作目标 / 17
第三章　选对地点：巧用策略激发写作热情 / 37
第四章　适度规划：提前构思小说人物和情节发展 / 59

第二部分
循序渐进完成目标：
每周小说写作指导

第五章　第一周：吹响号角，写作之旅顺水行舟 / 83
第六章　第二周：乌云密布，回归现实寻找情节 / 99
第七章　第三周：晴空万里，全速前进迎接胜利 / 111
第八章　第四周：众声欢呼，庆祝写作目标完成 / 125
第九章　小说截稿后续工作 / 141

致谢 / 161
译后记 / 163

第一部分

No Plot? No Problem!
A Low-Stress, High-Velocity Guide to Writing a Novel in 30 Days

小说王国环城之旅：
开启你的写作大冒险

No Plot?
No Problem!

A Low-Stress, High-Velocity Guide to
Writing a Novel in 30 Days

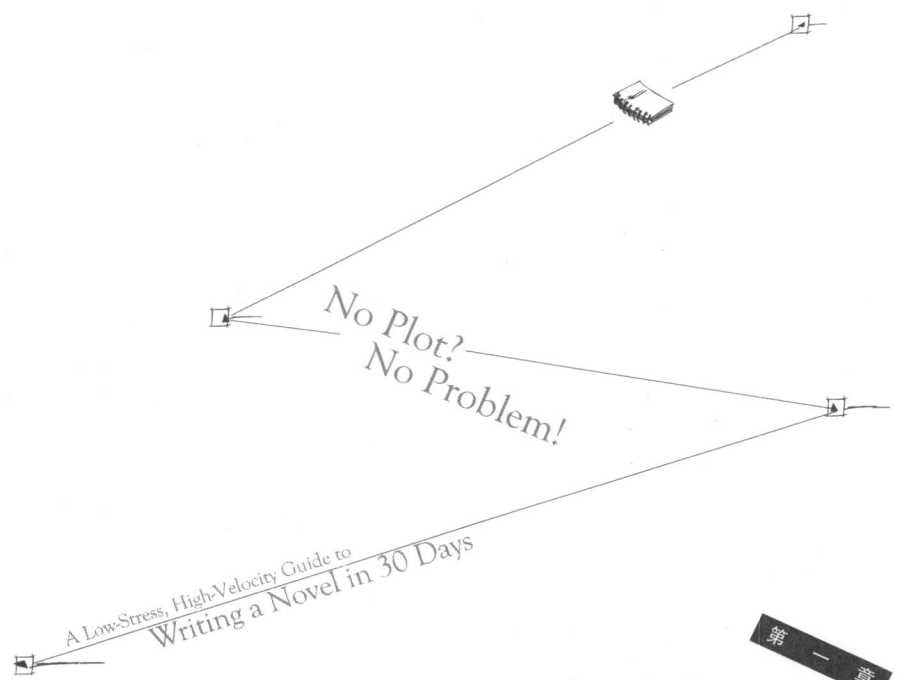

第 一 章

设定期限：
秘密武器助你实现写作梦想

以前，我认为写小说之前有些东西必须准备好。以下是我列出的必备清单，按重要程度排序：

1. 大量的咖啡提神
2. 情节
3. 人物
4. 背景

但是，1999 年，在开始写自己第一部小说的时候，我才认识到，这些想法是严重错误的。写小说之前你根本不需要想好情节，也不需要想好小说发生的地点和人物，你甚至也不需要咖啡来提神（虽然我现在还是离不开咖啡）。

你需要的是一个秘密武器。

你需要一个具有超级动力的魔幻武器，它能够助你取得文学创作成就。现在我高兴地告诉你，这个秘密武器就在你身边，等待你的使用。

你的秘密武器

毫不夸张地讲，这个秘密武器（附在本章最后）是文学和商业领域中最神奇的催化剂。你曾经触摸到和看到的几乎所有具有美感和效用的东西都出自这个秘密武器。这个秘密武器可随身携带，又负担得起，而且环保。

同时，它也是不可见的。

你要写小说，当然需要一个截止日期。

现代社会，截止日期才是我们的动力。正是截止日期督促我们建设城市，赢得竞赛，让我们所有人年年都能在临近到期仍能准时完成纳税。截止日期让我们能够专心致志地做一件事情，强迫我们挤出时间取得成绩。如果没有截止日期，我们也许会一再拖延，踌躇不前。截止日期鼓舞我们勇敢超越我们对自己的保守估计，帮助我们赢得胜利，而不至于固步自封、浑浑噩噩。

简单地说，截止日期就是一种变相的乐观主义。如果使用得当，它能够帮助我们踏平前进道路上的一切障碍。在追求创新这条路上，尤其如此。

因为在文学艺术领域，截止日期的作用远不止督促你完成既定任务那么简单。截止日期如同有创造力的助产妇，或者热忱的牧羊人，将附着于我们想象力之翼上的灵感收集，让它们能够实现最终的价值。越是宏大的文学艺术创作，越需要截止日期将这些本来腼腆的想法引领到舞台中央。

这一点在小说写作上体现得尤其淋漓尽致。因为即使你知道要写什么，但要把它完成也十分困难。酝酿一本小说需要多年的积累，包括对主要情节、次要情节的发展，辅助人物的刻画，替代、象征手法的应用，主题的表达等多方面的复杂运思。这种推进有时候令人欣喜，但也需要长久的跋涉。小说的章节要进行多次构思、拆解和重建。也许一个麻烦的段落就会导致整个创作停滞数年，等待作家思考、揣摩、寻找良久后才能弄清楚小说接下来的走向。

为写作设定截止日期，情况就大不相同。这就像有一群勇往直前的创业代表一样，他们能够鼓励并且协助你取得成功，不仅帮你克服写作之路上的艰难险阻，同时也为你向前挺进提供便利条件。

小说写作对健康有害

如果你使用电脑，那么你肯定知道它在无形之中会对你的身体造成不同程度的伤害：腕管综合征，眼疲劳，背疼，有时候屁股都坐麻了，总之数都数不清。

要写小说就必然会在电脑前呆很长时间，那么你的身体健康也将受到严重的威胁。这不是开玩笑。为了你的健康，你一定要制定一个合适的计划，适时、适当地放松自己，做做伸展运动，只要感觉到身体麻木了就停止写作。有些公司的网站有一个月的试用软件，让你自己设定间歇时间段，自动锁定你的电脑，播放伸展运动的训练视频（例如 Workpace.com 和 Rsiguard.com）。你也可以自己上网查看针对眼睛放松的训练，时刻准备眼药水，防止眼睛干涩，因为如果长时间盯着书本，你很有可能就会忘记眨眼（虽然这对你写小说肯定是好的，但对眼球的健康可是有坏处）。

带着部分完成的小说稿来参加小说写作月活动并不是个好主意

参加全国小说写作月活动的基本原则之一就是，你必须在活动开始的第一天从零开始写小说。你可以带着提前草拟的大纲和笔记或者人物草图，但是禁止提前开始小说内容的写作。如果你那么做了，你会无形中感到内疚。

虽然每年营造这种内疚感需要活动组织者花掉不少经费，但是这么做能够保证活动的新鲜和精彩，防止参加者因为太在乎最后写出的小说的水平而破坏自己的创造力。

如果你一意孤行，全然不顾全国小说写作月活动的规则限制，那么即使你没有内疲感，要在已经部分完成的小说基础上再增加五万字也是一种煎熬。要知道，如果在已经部分完成的小说上增加内容，也许不会有什么漏洞，却失去了写出新意的可能。在这种情况下，写作的速度会变慢，作者的痛苦会增大，最后的作品也将不尽如人意。所以我强烈建议：从零开始写作，迎接这个挑战。如果你能做到，你将感到幸福。

很难确定合适的截止日期

在艺术创作过程中要确定合适的、对实现创作梦想有帮助的截止日期，这是很难的。总在抱怨生活不够有创意的人对此都深有体会。但极具讽刺意味的是，在工作中我们倒是经常被随意指定把某件事干完的截止日期（虽然有一万个不乐意），而在我们的业余爱好中，虽然最需要截止日期，却总是没有。

除了在写作班中我们会因为成绩的压力而努力解决小说写作中遇到的问题，其他时候似乎很难给自己前行的动力。但是工作的人谁有时间参加写作班呢？我们的工作和生活就已经很难应付了，如果再突然和友人或者其他重要的人出去远足郊游，就更没有时间和精力了。想想我们每晚十点就要睡觉，真的是十点就睡的话，那么我们白天的时间里该干的正事都很难完成。所以，像写小说、记日记、画画儿或玩音乐这些业余爱好就只能一天一天被搁置了，虽然这些爱好都很有趣，但是毕竟我们没有非完成不可的压力。

这也正是我们大多数人为什么都成了"未来的"小说家。"总有一天，我一定要写一部小说。"可问题是，那一天似乎永远也不会来，因此我们停滞不前，或者我们曾经这样一拖再拖。但是本书告诉你，截止日期才是文学艺术创作的催化剂。

在本书中，截止日期对写作有绝对的管理权。一旦启动，它会严格督促你在一个月之内写出一本 5 万字的小说稿。而且，它会随时监督你的写作进度，强迫你即使在不想写的时候也继续写下去，督促你达到每天的写作字数目标，让你四个星期的生活全身心投入到文学创作中。

在截止日期的督促下，你写作的这一个月将成为你人生中最紧张、最有成就感的一个月。你的生活虽然在它的魔爪控制之下，但是你会发现自己巨大的潜力，你会感叹自己原来可以如此不顾一切地干一件事情，自己原来有能力收获惊人的成功。在这个过程中，你会轻盈飘舞，你会展翅翱翔，你会放声大笑，你会引吭高唱，那些爱你的人也许会替你担心，以为你疯了。

这也没什么。因为这种疯狂状态只持续一个月，刚刚够你完成你的小说写作。之后，一切都将回归正常。你还是像从前一样洗澡、打扫屋子。如果你决定将自己的小说进行修改、完善，那当然最好。如果你没有这个意愿，也等于是有了一次与众不同的经历，这投身文学创作的一个月，你肯定永生难忘。

一个月写小说是个好主意，可为什么要写 5 万字？

我想说明，全国小说写作月活动制定的 5 万字的小说写作目标是有科学依据的，是基于对当代优秀的篇幅较短的长篇小说分析的基础上制定的。但实际上，我当初开始组织全国小说写作月活动时，随便从我的书架上找了一本最薄的小说，正好是阿道司·赫胥黎的

《美丽新世界》，我粗略估算了一下字数，然后就确定以这本小说的字数为写作标准。

这几年全国小说写作月活动的举办也证明，5万字对于一个月的写作目标很合适。一个月写5万字就意味着每天要写1 667个字。按照平均的打字速度，一个半小时就可以完成，就算是全职工作者或者家务缠身的人也可以完成。5万字的篇幅也应该足够清晰明确地讲述一个完整的故事。

虽然5万字的小说篇幅不长，但是也不会轻而易举地完成。每年的活动中，只有大约17%的参加者最后完成目标，有些参加者建议降低写作字数要求。

我认为这个写作目标最合适。因为在这么短的时间内你要写很多内容，速度又要很快，这么高的字数要求会迫使你降低对小说稿的期望，重视字数超过质量，不苛求自己。对于小说初稿的写作来说，这是发挥天才的必由之路。

5万字难道不是中篇小说吗？

5万字的小说可以算作篇幅较短的长篇小说，但并不是中篇小说。

世界文学委员会在1956年的规定中指出，中篇小说是指"意志薄弱、三心二意"，"缺乏毅力和耐心，没有达到5万字的小说"。他们准确地描述为"这正是小说写作的最危险的境地"。

之所以要避免把即将创作的小说定义为中篇小说，是因为中篇小说的影响力远不及长篇小说。记住：你下个月要写的是长篇小说，而不是中篇小说。

低期望，高成果

如果你的小说写得和我的差不多，你早该习惯在写作上无所成就了。如果我劝你为写作缺陷而庆祝，你肯定也是闻所未闻，难以理解吧。在下一次的小说写作中试试看！在新的小说写作月开始之前，最重要的心理准备是告诉自己：第一稿写作时，不要有压力。因为没有人的初稿是完美的。

事实如此。当你的小说初次探头窥视这个世界的时候，很像是刚刚降生的婴儿：身上苍白无毛、满脸疑惑。不管你多么有写作天赋，不论你如何细心雕琢，初稿都不可能完美无瑕。小说篇幅很长，情节复杂，它的这些特点就决定了小说写作不可能一蹴而就。如果有人告诉你他的初稿就是完美的，那么除非他是个文学创作的超级机器人，否则他就是在撒谎。

这并不是我信口胡说。翻看美国恐怖小说家斯蒂芬·金和另一位美国作家安妮·拉莫特关于写作的书，你会发现他们也持有这样的观点（当然，不包括关于文学创作的超级机器人这一真知灼见）。在这里我要引用文风优雅、惜字如金的作家欧内斯特·海明威的一句话："所有初稿都是一堆狗屎。"

不过，初稿也不全是狗屎。即使是狗屎，也是很"精彩"的狗屎。小说初稿的写作中，一切都充满了不确定性，即便犯错也情有可原。作者可以随时随地改变写作计划和策略，而这种勇往直前的大胆尝试、离题千里的片面布局却会让你有惊人的意外收获。总之，小说初稿正是像你我这样毫无写作经验和天赋的人一展身手的最佳舞台。

对于不确定的小说初稿，最好的总结是：不苛求完美。

在业余爱好中不苛求完美

如果你能在生活的其他方面学会不苛求完美，你就能降低对自己写作所抱的过高的、不切实际的期望。接下来的几周，在生活中要放轻松，别给自己压力。在公共场合唱歌跑调；讲讲笑话，即使你不能把别人逗笑也没关系；别再纠结发给朋友们的邮件里的语法错误。鼓起勇气，尝试一下你一直想做、却害怕自己做不好的事情。也许你觉得不自在，甚至尴尬，但是你会发现不苛求完美却让世界更有乐趣。

不苛求完美

不苛求完美的第一条法则是：创造恒久之美的最简单快速的方法是冒险制造可怕的低劣之作。

和一个月写小说联系起来的大多数事情表面上看似乎都不靠谱，这一法则也不例外。但是，这个法则有其心理学依据。那就是，随着我们年龄的增长，我们越来越没有勇气尝试新事物，尤其是那些会让我们在大庭广众出丑的事情。（有男友或丈夫的女性们只和女性朋友们一起上萨尔萨舞蹈课程，就是为了避免这种尴尬。）

原因在于，作为成年人，我们总是过于在乎所谓的"能力"。在工作中，我们知道领先之道就是要有效率和万事通的能力——只有这样才能得到同事、上司、顾客等的认可。我们这么做还有一个好的理由：保住饭碗不被开掉。

在工作中强调专业性十分必要。没有人希望自己做小脑检查诊疗时遇上一知半解的脑外科医生。但是，这种对专业性的强调也在无形之中对我们生活的其他方面产生了深刻的心理影响。例如，你会觉得这种工作中对专业性的过分要求带来的困扰会让我们寄希望于利用周末进行逃避，躲进能够随意尝试的未知领域。

但是，我们有了空闲时间都干些什么呢？还是做那些我们已经深谙其道的事情。比如：打电话，上下楼梯，喝个宿醉。我们一旦不再因循守旧，准备做一些以前没有做过的事情，就会感到慌张。在文学艺术创作上，这种表现尤为明显。一旦在写作时遇到棘手的句子，或者绘画时画出拙劣的一笔，我们便赶紧收拾笔墨用具，落荒而逃，躲回我们可以轻松驾驭的事情上。我们的潜意识一直在提醒自己，早点放弃总比失败要好。

其实，不苛求完美才能让你完全放下这些不必要的顾虑。要迎接令人生畏的挑战，其最佳途径就是允许自己犯错，然后总结经验教训，纠正错误并获得成功。

就小说写作而言，这意味着你要降低期待，不要期待你的小说非畅销不可，只要它不令人作呕就行。抱着不苛求完美的想法，能鼓励你在写作时不自我批评，而是大胆创新；不墨守成规，而是顺其自然。在小说初稿的写作中，没有什么是恒定不变的，一切都充满了不确定性。所以，一定要轻松、灵活地写作，把自己的期望值放得很低、很低。

也许你觉得这样做的结果是小说会写得很烂。但是，一旦你开始写作，你就会发现放低期望值并不代表最后小说的质量很差。不苛求完美并不一定导致小说写得差，它是一种心理调整，让你去掉压力，帮助你更好地发挥自己的才华。在初稿写作中，肯定有一大部分令人失望的糟粕。但是，这是每一个小说家都会经历的阶段。等到修改的时候，一切都会变好。就目前而言，最重要的是小说的字数，而不是质量。

第一章　设定期限：秘密武器助你实现写作梦想

不苛求完美，这不仅能够保证你在即将开始的写作月中以很快的速度完成写作，而且能够激发你的直觉和想象力。正是在直觉和想象力的引导之下，你才可能写出精彩的对话，塑造个性鲜明的人物。这些才是你小说中令人愉悦与经久难忘的精华。

这种思想的洗礼令人既振奋，又担惊受怕。要在这么短的时间里完成小说初稿的写作，这种洗礼却是非常、非常关键的。

结伴写作

要在短时间内创作一本合格的小说，你需要截止日期的严厉督促，需要顺其自然的写作态度。除此之外，还有一个先决条件：结伴写作。

最理想的是你能够找到和你一起写小说的人，在这一个月中与你并肩前行。不过这个"伙伴"也可以是那些并没有和你一起写作的亲人，他们可以在这个月里多关注你的写作进度，在你写作的过程中给你支持和鼓励。

如果你早就开始小说创作了，那么你也许已经是一个写作团体的成员了。其实，最典型的写作团体应该是读书会。在读书会上，大家会讨论彼此的作品，给予反馈意见。你现在要组建的是一个单纯的写作小组，大家聚在一起的目的就是一起写作，不需要分享、不需要批评，也不需要意见反馈，只是纯粹地写作。

大多数人的看法是（我曾经也持此见解）：写作是一件私人的事情，大家聚在一起写作这个想法简直骇人听闻，毫无益处。尽管如此，但试试总无妨。只要你尝试了这个方法，你会发现当别人噼里啪啦地敲键盘打字的时候，你会感受到竞争的压力，它能激发你的小说创作细胞，虽然你连想杀死自己小说人物的心都有了，但你还是会耐着性子继续写下去。

这么做的目的是让写作不再成为一种自我折磨，而是大家共同参与的活动。参加者的互相帮助，以及对写作失败的恐惧感，都是最好的动力。正是这些动力确保我们能够顺利完成5万字的写作目标。

激活你的写作截止日期

在你让所有人都知道你要一个月写一本小说之前，要做好一切准备工作。拿出日历，挑选一个最佳月份开始小说写作。没有哪个月对小说写作来说是完美的，但是那些天气恶劣、一周连着三天休息，或者30天里家人和室友都不会打扰你写作的月份是不错的选择。

除了上面提到的这些区别，其实每个月都差不多。对于写作时间表的制定，我还有一个小小的建议，那就是最好挑选一个完整的月份，从月初开始，月末结束，而不只是随便跨月抽出30天。对一个月的小说写作来说，时间结构的安排和戏剧性的氛围都很重要，而如果你的小说截止日期正好在一个月的月末，那么你会觉得时间安排更加紧凑，成就感也会更强。

选好写作月份之后，你要在自己的小说扉页签署"一个月小说创作协议与共识申明"（标记写作截止日期）。这些准备工作就绪之后，我会在本书的第二章告诉你如何规划小说写作。

5万字小说到底是什么样的？

你将要写的小说是5万字。在我们所熟知的小说中，

哪些是5万字左右的呢？以下列出的小说便是：①

《了不起的盖茨比》，作者：F. 斯科特·菲茨杰拉德

《美丽新世界》，作者：阿道司·赫胥黎

《蓝花》，作者：佩内洛普·菲兹杰拉德

《麦田里的守望者》，作者：杰罗姆·大卫·塞林格

《银河系漫游指南》，作者：道格拉斯·亚当斯

《汤姆·索亚历险记》，作者：马克·吐温

《大地惊雷》，作者：查尔斯·波蒂斯

《皆大欢喜》，作者：劳莉·柯文

《鬼孩子》，作者：苏·唐珊

《人鼠之间》，作者：约翰·斯坦贝克

但是，请记住，你下个月将要完成的小说稿就算只有1万字，重写之后也可以突破5万字的目标。你在书店的架子上看到的那种典型的平装本小说通常有10万字，但也只是篇幅较短的类型小说集而已，比如连载的爱情小说和科幻小说，而这些小说通常也只有5万~7万字。

一个月小说创作协议与共识申明

我在此自愿保证一个月内完成5万字的小说写作目标。面对如此短时间内的艰巨任务，我知道写作的"技艺"、"才华"和"能力"都不在考虑范围之内，但是在小说最后的编辑中它们会被重新召回。我知道自己是一个有天赋的人，我有能力大胆创新，我会在接下来的一个月中发挥自

---

① 指的是英文字数。

己的天赋，不去质疑自己，不去妄自菲薄，不去自我苛求。

在即将开始的一个月中，我知道我会写出笨拙的对话，塑造老套的角色，编出漏洞百出的情节。这些在我的小说稿中肯定不可避免，但之后我肯定会逐一修改或删除。我有权利修改、完善自己的小说，直到我觉得小说可以和读者见面。作为作者，我有权利夸大自己小说稿的质量和创作的热情，因为这样会使我获得尊敬和关注，把我从繁重的家务劳动中解放出来。

我保证，我所制定的一个月5万字小说写作截止日期绝对不会更改。如果我不能在截止日期之前完稿，或者我在写作开始之后更改截止日期，那么我会受尽亲朋好友们的嘲笑。同时，我有权利在小说写作目标顺利完成之后狂欢庆祝，而这狂欢庆祝的时间和强度可能会耽误我几天、甚至几周的正常工作。

签字：_____　　时间：_____
写作开始日期：_____　　写作截止日期：_____

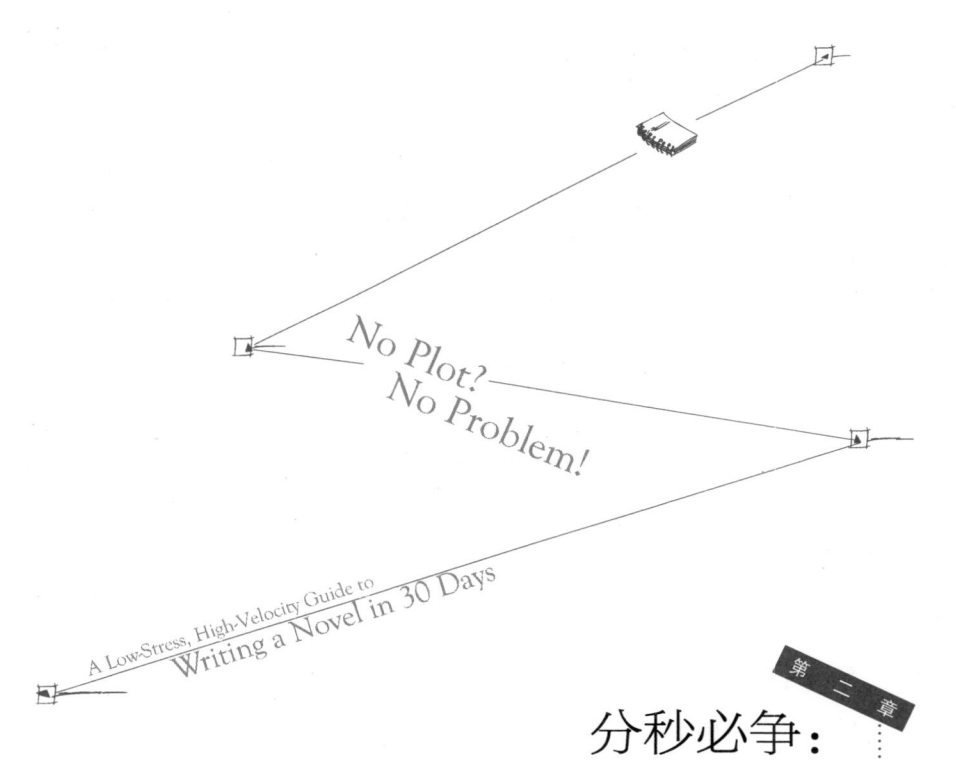

No Plot?
No Problem!

A Low-Stress, High-Velocity Guide to
Writing a Novel in 30 Days

第二章

分秒必争：
亲人鞭策督促完成写作目标

蒂姆·隆尼斯很痛苦。他是一名来自美国加州奥克兰市的三十岁的制图师，参加全国小说写作月还不到一个星期，他的小说写作停滞不前。

"我不知道该怎么塑造我的小说人物，"他说，"我写得手腕都疼了，而且我还有三个项目需要完成，每天熬到夜里两点都忙不完。"

第二周，蒂姆勉强继续写作，好不容易写到了 12 000 字，但是小说还是很牵强，与他的期望完全不同。于是，他彻底停止了写作。

等写作月还剩下三天就要结束的时候，蒂姆突然有了想法。"我突然知道该怎么写了，"他说。

蒂姆再一次重新开始写作。这次他终于感觉水到渠成了。他奋笔疾书，每晚只睡五个小时，在三天之内就写出了 38 000 字，最终以 50 006 字截稿，离截止日期只差 15 分钟。

如果蒂姆没有这么做，那么他也许不会是最后的获胜者[①]。不过，他在每年的全国小说写作月活动中都顺利完成了任务，而且总是在最后的时刻完成。像这样的情况并不是少数，去年的全国小说写作月活动中，就有成百上千的写作者是在活动即将结束的那几天从几千字写到了 5 万字。

蒂姆和像他一样的作者将这种拖延变成了一种行为艺术。他们肯定会毫不犹豫地告诉你，在三天之内完成小说稿，对你的小说和身体来说都是一个很大的挑战。他们神速的写作也正好说明了这样一个事实：写 5 万字的小说并不需要很长时间。写作速度较慢的人每小时可以写 800 字，而写作速度较快的人（打字速度要快）可以轻松达到 1 600 字。这就是说，其实小说写作从开头到结尾平均只需要 55 个小时就可以完成。

---

① "获胜者"指完成一个月写一本 5 万字小说目标的全国小说写作月活动参与者。

如果你很幸运，每天可以有 8 个小时的写作时间，每周 7 天都可以用来写作，那么你从星期一上午开始写作，到星期日早午餐之前就可以截稿了。

不过事实是，很少有人可以做到每天 8 小时、一周 7 天都用来写作。实际上，我们的生活安排本来已经很紧凑了，要上学、上班，还有别的日常琐事。虽然 55 个小时听起来并不多，但是真要抽出这么长时间并不是一件容易的事。

下面，我们来讨论一下怎么才能抽出更多的时间用来写作。

用写作时间表帮你挤时间

制定有效的写作时间表对于小说写作来说十分重要，这就如同救生颚对于交通事故处理现场的重要性一样。但是它们之间的不同在于：救生颚的目的是通过扩大空间把人从受压变形的汽车中救出来，把珍贵的东西从已经没有空间的地方拉出来；而写作时间表的目的是尽可能挤压日程，以便抽出更多的时间来完成重要的事情。我们常常会问："我到底从哪儿才能抽出那么多时间写小说？"制定有效的写作时间表就是最好的办法。

你需要几张纸，一支钢笔和红、蓝、绿色的荧光笔（或者彩色铅笔）。你还要连着 7 个晚上，每晚抽出 5 分钟来制定写作时间表。不要着急抱怨，要知道，这样做对你大有裨益。

接下来你要做的是：在每晚睡觉之前，用笔和纸记下一整天干的所有事情，以半个小时为最小单位，从起床开始一直到你睡觉前，认真记录这之间的所有活动。以下是我这个自由作家昨天的活动列表：

8:30—9:00　做早餐、吃早餐

9:00—9:30　洗澡、刷牙、穿衣服，躺回床上，挣扎着又起来

9:30—10:30　给朋友们发邮件

10:30—1:30　工作

1:30—2:30　边吃午餐边给朋友们发邮件和上网

2:30—5:00　工作

5:00—5:30　开车去邮局，回来

5:30—6:00　看《洋葱报》和无聊的音乐视频

6:00—6:30　查收邮件

6:30—7:00　打电话，考虑是否要打扫房间

7:00—7:30　散步

7:30—8:30　和女朋友去吃晚饭（自我提醒：千万别再吃油炸过头的、炸开花的食物）

8:30—9:00　开始打扫房间，三心二意地洗碗洗盘子，打电话给爸妈

9:00—9:30　匆忙准备我本应两个星期之前寄给妈妈的生日礼物

9:30—10:00　付账单

10:00—11:00　工作

11:00—12:00　浏览报纸、看小说

12:00—12:30　记得应该发邮件给一位编辑，写邮件、发邮件

12:30　开始安排写作时间表

完成每天的记录工作之后，奖励一下自己，去吃一顿美味大餐，然后睡觉。（顺便说一下，睡觉不需要记录在列表中，随心所欲的睡

眠是不管身在何处的业余作家们都应该享有的权利。）

这样记录了 7 天之后，拿出荧光笔和彩色铅笔，开始制定你自己的写作时间表吧。首先，浏览整个列表之后，把那些必须要做的事情用红笔圈起来，或者用下划线标记。这些事情都是你每天必须要做的事情，否则你会面临失业、被驱逐、被开除或者精神崩溃。这类事情应该包括基本的个人卫生、上班、上学、工作（或者与工作有关的事情）、吃饭、陪朋友和家人、买生活必需品和付账单。

然后，浏览整个列表，用蓝色的笔标记你特别想干的事情。这类事情应该包括那些如果一个月不做应该勉强可以，但是会很难或者有很大压力的事情。这类活动是：运动、回复电话和邮件、参加朋友的生日聚会、参加工作或者宗教信仰集会。

最后，用绿色的笔标记一个月内不做也不会带来灾难的事情。这类事情包括：网上冲浪、网聊、网购、看电视、艺术品制作、不必要的房间装修、基于个人爱好的敲敲打打，以及纯属娱乐的阅读。

现在，我们就可以开始制定高效的写作时间表了。浏览一下你的活动记录列表，看看你每天花在那些本可以不做的事情上的时间加起来平均有多少小时。从我的列表中可以看到，我每天都有差不多三个小时在做本来可以不做的事情。30 天里不做这些事情对我的生活并没有特别大的不良影响，我可以节省下这些时间用来写作。

如果你和我一样，每天有一个半小时到两个小时的时间用在本来可以不做的事情上，其实已经很难得了。但是，下个月，一旦开始写作，你就要把这些时间节省下来写作。你也不必因为这一个月不能再做那些事情而难过，因为 30 天之后你就可以接着做。

🗼 时空连贯写小说：带你进入全国小说写作月的神秘漩涡

在一个月的写作中，我多次注意到这样一个看起来不可思议的现象：当我把小说写作编入日程，本来应该觉得时间很紧张才对，却发现自己有更多的时间游手好闲、干那些琐事。其他参加全国小说写作月活动的人也有同样的感觉，可能是因为一开始，我们暂时还有高效写作的动力。除此之外，我们还会觉得业余时间变得更加有滋有味，每天悠闲地聊天和逛街也感到更加兴趣盎然。这听起来也许很奇怪，但却是事实。

我开始写小说之后就彻底不再上网了，还减少了闲暇阅读的时间，周末夜晚和朋友们（不是一起写作的朋友）出去的时间也更少了。其他的作家们也正好借这个写作的机会，不用和亲友们攀谈，不用在后院劳作了。其实，选择权在你自己的手中，你只需要放弃一些可以不去做的事情，每天就能抽出一个半小时用来写作。

如果你放弃这些可做可不做的事情之后还是抽不出时间写作，那么你就要从别的方面下手了，比如放弃自己想做的事情。因为这些事情对你来说很重要，所以最好的办法倒不是彻底放弃，而是要降低做这些事情的频率。早订计划，有些约会和朋友的生日聚会就别去了，或者让你的孩子放学之后每周有几天搭别人的车回家。

如果你需要从那些非做不可的事情中抽出时间用来写作，那么要恭喜你了，你是一个大忙人，只有百分之五的人才如此之忙。值得庆幸的是，这么忙碌的生活你都能够应付，你得有多高的效率呀。而且，你正好可以把卓越的时间安排技巧用在写小说上。如果之前的忙碌都没有让你的身体垮掉，那么接下来一个月的小说写作应该也不会给你造成什么困扰。

假设你像大多数人一样，可以通过限制自己的休闲时间每周抽出 10~14 个小时，不说别的，小说写作可能会成为你改变生活方式的一个契机。当然，现在还不是如此雄心勃勃的时候。

其实，对你自己、你的小说草稿和你身边的人来说，你最好尽量保持原来的生活节奏和习惯。适时、适当地参加一些社交活动可以让你的头脑清醒，对写作也有好处，而且不至于让你的家人和朋友们有不满情绪。

时间安排的黄金法则

尽管每一个高效的时间表都有自己的特点，而且对一个作家有效并不见得对别的作家也有效，但是你应该记住一条时间安排的黄金法则：接连两个晚上或更长时间不写作是不可取的。

如果你接连三个晚上或者更长时间没有写作，你会失去写作的动力，而且太长的时间间隔也会让你对自己的小说产生质疑，从而使小说写作的进度受到很大影响。就像刚皈依不久的教徒一样，你的大脑如果脱离这件事太久，就容易产生怀疑情绪，不再那么虔诚，注意力就很难重新集中。

安排写作时间

现在我们要考虑一个重要问题：如何合理分配这些挤出来的时间。保持写作固然重要，但是以什么样的节奏写作？每天都写？隔天写？只在周末写？是不是如果心情不好，就可以不参加安排好的写作讨论会？要是得了胰腺炎总可以不去参加吧？

不幸的是，这些问题并没有所谓的正确答案（身体确实不适，可以免写一天除外）。即使专业的作家，对于什么时候写作、每一次写作讨论会持续多久也各持己见。

面对这种情况，要想制定有效的小说写作时间表，最佳的策略就是先尝试不同的时间安排，通过自己的试验确定哪种最好、最适合自己，之后就要坚持下去，不能半途而废。

我个人的安排是：周一到周五有三到四个晚上用来写作，每晚写作两个小时。周末延续同样的节奏，每晚写作三个小时，周六或者周日参加两个小时的写作讨论会。

我为什么能够坚持下来？习惯使然。而且这种安排很有效。这让我每周工作日期间有一个或者两个晚上、周末整整一个白天都可以休息，或者和朋友出去玩。这样我就不会觉得特别烦躁，而且在写作截止日期之前也能够完成 5 万字的写作目标。

有些参加全国小说写作月的作者每天早上上班之前写作，因为这段时间相对比较安静，头脑也比较清醒，整个人比较精神。但是也有人利用午休时间写作，能够完成当天一半的字数，然后在下班回家的车上完成另一半。

在本书的第三章我们会谈到在不同地点写小说的利弊。就目前而言，你要放松心情，不要给自己太大的压力，因为在接下来一个月的写作中，你会不可避免地遇到很多紧急状况，可能是工作上的问题，也可能是家里的急事，这些都会干扰你。也许在这个月，你与朋友之间的关系出现了危机；也许在你正要完成写作字数的那天晚上，你最喜欢的乐队来开演唱会；也许在过去五年里从来没出问题的电脑突然黑屏、短路和崩溃。

当这些状况出现时，你一定要泰然处之。有时候，歇一天，去听个音乐会，对你的小说写作大有裨益。但是，除非特殊情况，否则你就应该让朋友们好好监督你写小说，而不要试图逃避写作。也就是说，写作要劳逸结合，具体怎么安排要视你的写作进度和心情而定。

抱最好的希望，做最坏的打算

就算写作过程千变万化，有些问题还是可以预见的，例如：第一周要比第二周轻松得多，所以我建议第一周尽可能多花些时间、多写一点，以防第二周的任务太艰巨，影响写作的整体进度。

其他可预见的问题就因个体而异了。比如，我有严重的拖延症，虽然每年都在朋友面前许诺一定会提前完成写作目标，早早结束，但事实上我总是纠结到最后才能按时完成。

因为总是拖延，所以我不得不推掉月末一整周和周末的所有社交活动，不管多么诱人的聚会、晚餐还是音乐会，我都不参加。我总是把要去的旅行安排在月初或月中，同时，我也会减少写作月最后一周的周四和周五的工作量。通常我不需要那么多富余时间，除非在写作月月末眼睛疲劳或者打字打得手腕疼的时候，富余时间会显得尤为宝贵。

当然，承认自己是个喜欢拖延的人有时候要比改正这个毛病还要难。不过这不是现在要考虑的问题。要知道，最健康、最高效的写作方式以合理的写作计划为指导，而这个计划的制定则以承认自己的弱点为前提。这样，你才能发挥长处，兼顾责任。

在制定好写作计划之后，你就可以进行下一步：找出支持你写作的人，他们将在接下来一个月的写作中陪伴你、鼓励你。

集结"亲友团"

对于特纳·泰勒来说，一个月写小说的想法并没有得到她预想的支持和鼓励。

"当我告诉别人要一个月写一本小说之后,大家都面面相觑,勉强回应。"她来自伦敦,34岁,是两届全国小说写作月活动的获胜者。"他们完全不能理解。对大多数人来说,不管是否有时间写作,有人真愿意花时间写一本小说这件事本身就难以想象。他们觉得,既然花5分钟就能在书店里买一本小说,为什么还要浪费一个月的时间自己写呢?"

当然,还有的家人和朋友,他们本应该在身边支持、鼓励我们,在跌倒的时候扶我们一把,让我们安心写作。但是,其实他们却最不能理解我们,甚至会无情嘲笑我们雄心勃勃的写作计划。

不管你的亲人、朋友支持与否,你都应该告诉他们你要用一个月的时间写小说,这就像你要去远处旅行一样,总要向他们知会一声,道个别。也就是说,你一定要确保他们知道你的写作计划和动向。

你也许会问,为什么要这么做呢?因为你的亲人、朋友可能是你写作过程中的帮手,也可能让你这30天过得十分艰难。他们也许会怀疑你突然封闭自己可能与他们有关;他们会不断分散你的注意力,让你难以坚持下去,或者在你写作最紧张的时候,要求你陪在他们身边。

当然,之所以告诉他们你的写作计划,最重要的原因在于:他们也许同样有写小说的想法,只是你不知道而已。如果他们能和你一起写小说,写作就不会那么痛苦了。

一起写作的乐趣

写小说其实可以给你提供很好的社交机会,尽管在写作过程中大家不能交谈,但是写之前和写完之后,大家能够尽情聊天,不过估计谈论最多的还是小说如何写不下去、自己的才华多么贫乏。

也许我对社交活动的理解与众不同，但是我觉得这些交谈就是特别好的社交。

这也是一种很有效的社交。找一个伙伴儿一起写作（比如三四个），因为大家有同样的写作目标，所以会形成竞争的氛围，这样可以彼此激励和督促。有人和你一起写作的时候，你觉得有人领路，动力会更加充足，而且还可以相互分享小说写作的成败。这不仅对写作本身有益，而且能让写作的过程更有趣。

不管是你身边的家人还是早已淡忘的同学，总会有人愿意和你一起写作。如果身边实在没有人愿意一起写作，可以和远方的亲朋好友说说这个想法。你们也许不能在同一家咖啡馆一起写作，但是可以晚上通过电话或者邮件联系，分享彼此的经验。

危险之极：别向同事透露你的小说

有些全国小说写作月活动的参加者觉得，在给他们小说写作口头鼓励的所有人中，同事所占的比例是最大的。但是，除非你的同事都非常善解人意，或者你的同事中有很多都是特别亲密的朋友，否则还是别把你的写作计划告诉他们。超人在同事的面前也只是克拉克·肯特，所以你最好别把自己的超级写作能力展现在同事面前。

之所以不要告诉你的同事，并不是因为他们不鼓励你，而是因为你写小说这件事迟早会传到老板的耳朵里。到了月底，如果他发现有人用办公室的激光复印机印了好几份两百页的文件，那他肯定能够锁定这事是你干的。

规划写作字数：你每天应该完成的目标

假设你要在 30 天内完成 5 万字的小说写作目标，按照最低写作速度计算，从第 1 天到第 30 天，已完成的字数应分别为：

第 1 天　1 667 字

第 2 天　3 334 字

第 3 天　5 001 字

第 4 天　6 668 字

第 5 天　8 335 字

第 6 天　10 002 字

第 7 天　11 669 字

第 8 天　13 336 字

第 9 天　15 003 字

第 10 天　16 670 字

第 11 天　18 337 字

第 12 天　20 004 字

第 13 天　21 671 字

第 14 天　23 338 字

第 15 天　25 005 字

第 16 天　26 672 字

第 17 天　28 339 字

第 18 天　30 006 字

第 19 天　31 673 字

第 20 天　33 340 字

第 21 天　35 007 字

第 22 天　36 674 字

第 23 天　38 341 字

第 24 天　40 008 字

第 25 天　41 675 字

第 26 天　43 342 字

第 27 天　45 009 字

第 28 天　46 676 字

第 29 天　48 343 字

第 30 天　50 000 字

获得家人的支持

就算有人不愿意和你一起写作,并不意味着他们不能在你写作的过程中给你支持和帮助。

你的家人和朋友也许不能和你一起写作,但是他们可以帮你渡过难关:偶尔给你做个饭,检查一下你的写作进度和精神状态。这些帮助都弥足珍贵。你写小说的决定对他们来说也有很大影响:你可能没有足够的时间陪伴他们,你可能不会像往常那样关注自己的个人卫生("亲爱的,我保证明天一定洗澡!"),所以你最好确保他们知道你在写小说,并且能够支持你的想法。

每年我写小说之前都会努力获得家人朋友的支持,为了说服他们,我通常会强调以下四点:

第一点:我用一个月来写作,其余的 11 个月才能更好地陪在他们身边。

业余作家如果年复一年地写书稿却总得不到出版,就会把自己和周围的人拖入一种"写小说的内疚感"中。对于任何本来可以取得成功却没有得到认可的创作,这是一种令人苦不堪言、始终存在的失望感。在一年中抽出一个月完成小说稿，虽然这一个月你不能陪在家人朋友的身边，但是接下来的日子你可以更好地和他们相伴，而且完全没有写作的困扰。要在30天内完成写作目标，你肯定不会拖延，也没有时间自怨自艾。等写作结束之后，你就可以心情愉快地和他们在一起。（目前不要想"修改稿件"，这是很久之后的事。）

第二点：我写小说的过程中还有时间做有趣的事情。

在如此之短的时间内写一本小说，你肯定会有很大的压力。这就需要你在写作的过程中时不时地找些好玩的事。而且，你会发现你远比他们或你自己想象的有更多的时间和大家联络。把那些可以不做的事情从时间表删除之后就会发现，你可能每周都有几个小时无所事事，而这些时间以前是没有的。开始写小说之后你会觉得忙，但是并没有想象中那么忙。

第三点：写小说对我来说很重要。

我们身边最亲近的人知道我们内心最真实的愿望和想法，他们知道我们未完成的愿望：健身、均衡的饮食以及其他不切实际的追求。你最好的朋友可能觉得你一个月写小说这个自我提高的计划最不切实际，所以遇到他们善意的玩笑时，不必介意。一个月写小说的想法本来就不着边际，别人觉得可笑当然情有可原。但是笑归笑，你要让他们清楚地知道，不管这件事听起来多么荒唐，你一定会完成。同时，你也要告诉他们，等你有朝一日成为畅销书作家，你会用自己的财富报答那些支持你的人，也要让那些曾经嘲笑你的人知道点厉害。

第四点：我需要你们的帮助。

大家都喜欢帮助处于困境中的人走出泥潭。所以，你要和你最好的朋友谈谈你写作的事情，也许在写作的过程中你有些责任没有尽到，也许有些琐事没有完成，他们可以帮你想办法解决，这样才能节省更多的时间让你安心写作。只要你向他们吐露心声，肯定会有很多的人愿意帮你完成力所能及的小事，这样你就有更多的时间向那些文学巨人发起挑战了。

把亲朋好友的祝福变成责任和动力

来自家人和朋友的温情鼓励有时也不足以支撑你完成写作目标，如果到第二周你想放弃了，那些温暖的微笑和加油鼓劲的邮件也就于事无补。这个时候，你就要将这些为你加油鼓劲的家人、朋友的祝福转化为对失败的恐惧感，这样你才有继续前行的动力。

没错。对失败的恐惧感是业余作家最好的朋友。没有对失败的恐惧感，就没有实现写作目标的动力，你就会想要放弃。一个月的时间如果不用来写小说，可以干很多别的、看起来更理性的事情。如果你没有对写作失败的恐惧感，那些看似更加明智也有趣得多的事情会对你产生难以抵御的吸引力。

幸运的是，只要稍加努力，你的家人和朋友就能用你想象不到的方式激励你。

如何组织高效的小组写作活动

如果你没有可以带出去和别人一起写作的笔记本电脑，也可以组织别人过来和你一起写作。在家里或者公寓里组织一个一天"写作日"活动（或者主题扩大一些，可以组织"创意日"），这样你就能够更加专注于写作，写作本身也会变得更加有趣。如果你确定要邀请朋友们来，记得告诉他们这是一个"写作会"，如果参加者不能完成最低写作目标，就要受惩罚。还要在邀请时告诉他们开始时间、结束时间，叮嘱他们准时到场。

组织"写作日"活动，你要确保有足够的桌椅板凳，满足每个参加者的写作需求，而且要在醒目的地方准备一个时钟，确保大家都可以看到时间。同时，还要准备一壶咖啡或茶，还有不会掉碎屑的点心，确保大家可以随意地吃，而不用担心碎屑掉到键盘缝隙里。

在每个参加者准备好之后，宣布时间安排。三四十分钟的写作之后休息十分钟比较合理，当然，这取决于你。写作中是否可以聊天也取决于你。不过，如果你允许写作过程中聊天，那么就要确保手边备有耳机或耳塞，这样即使有人聊天你也不会受到干扰。要告诉所有的参加者把手机调成静音，定好计时器，这样大家就知道什么时候开始写作，什么时候可以休息了。

如果计时器提醒写作终止，还有人继续写的话，一定要严厉惩罚，千万不要手软。

吹牛是自我激励的好方式

要适度增加对失败的恐惧感，吹牛是必不可少的方式。如果你已经向家人、朋友放出豪言壮语，而且还很详细地描述了你的计划，那么放弃这个计划可就不容易了。难道你真的想要成为别人的笑柄吗？每一次大家谈到小说的时候，你都会成为大家嘲笑的对象。或者你难道希望听到母亲又一次因为你一事无成而扼腕叹息吗？你肯定不想。

我也不想。所以我才希望那些豪言壮语能够给我压力和动力。在我想好小说情节、背景和人物之前，我就向家人、朋友吹嘘，目

第二章 分秒必争：亲人鞭策督促完成写作目标

的就是在写作月开始之前把自己逼到死角，让自己没有退路，不管最后写出的小说多么不着边际，我都一定要完成写作目标。

通过这种方式，你自己的豪言壮语会让别人有一种期待。当然，你要提醒自己，并不是期待什么神来之笔，只是期待能够完成就好，只要坚持下去，最后完成5万字的写作就是成功。

有的人甚至花数千美元雇私人写作教练做指导，以求获得这种让人不断失望又不断向前的动力。聪明的人可不会去花这个冤枉钱，因为家人、朋友就可以免费提供给你。在向你的朋友们说过一个月写小说这件事之后，你要马上开始讲你写小说会取得的进展和成就。

网络时代，邮件往来是获得鼓励和动力的最有效途径。给所有认识的人写邮件，告诉他们你即将开始的写作之旅；告诉那些已经很久没有联系的同学们，再过几个月你就是小说家了；如果你办公室的同事对小说有好感，就告诉他们你要开始写小说的好消息吧。通过这种方式，你，这个未来的作家，会获得两个益处：

第一，朋友们会在这一个月中持续不断地关心你的写作进度，给你写作动力，向你投来艳羡的目光。

第二，如果不能完成5万字的写作目标，你将会成为很多人的笑柄。

以银行存款作赌注

对自己即将开始的小说写作豪言壮语一番之后，我们就要开始应用另一个写前策略了：以银行存款为赌注，督促自己完成写作目标。

安德鲁·约翰逊，29岁，来自新西兰克赖斯特彻奇市。他就使用了这一策略。

"我说自己肯定可以完成写作目标，可是我的一个同事就是不相信。"这个三届全国小说写作月活动的获胜者回忆说。

"于是我说，那咱们打赌吧，我赌 50 美元，谁不相信我能完成写作目标，尽可以和我打赌。"

最终，安德鲁不仅完成了目标，还赚了点儿零花钱。不过，不幸的是，第二年参加全国小说写作月活动时就没有人愿意和他打赌了。

"很奇怪，这个策略就第一年有用，"安德鲁写道，"那些不相信参加者可以在短短的一个月里写完一本小说的人，第一次都愿意打赌，以后可就学乖了。"

如果找不到愿意和你打赌的人，你也可以和自己打赌，如果不能完成写作目标，你可以把钱捐出去。这样你就会经历同样的对财产损失的恐惧感，也就有写作的动力了。

这个方法被另一位一个月写小说的小说家实践过，不过他参加的并不是全国小说写作月活动。保罗·格里菲斯是一位很有前途的作家，2001 年 5 月，他宣布，如果他不能在一个月内完成 6 万字的小说，他将会把所有的积蓄捐给全国步枪协会。

保罗并不是全国步枪协会的拥护者，而且他也很爱惜自己的钱财。所以在这样的压力之下，他就拥有了极大的动力完成小说写作。

追随保罗的脚步，你要做的是：

第一，找出一个让你反感的组织。如果一时想不到，打个电话给你最喜欢的慈善团体，看看哪些组织试图破坏这些慈善团体。确保不要选那些善良、正义的组织，如果那样，你放弃自己的小说写作也无可厚非，因为把存款捐给这些组织就是善举。

第二，找到让你反感的组织之后，拿出支票簿，给他们写一张支票。支票数额一定要足以让你陷入财政危机才行。当然，数额也不能太大，因为如果数额巨大，你肯定会经不住诱惑而反悔。

第三，把写好的支票封存在信封内，写好地址，把信封交给一个朋友，告诉他，只有当你在一个月内完成 5 万字的小说写作，你才能收回支票。如果你没有完成写作目标，那你的朋友就要把这个信封寄出去。

第四，提醒你的朋友，即使你这样一个端方正直的人也可能在 30 天后去求他把支票退还给你，并且告诉他当初要写小说彻头彻尾就是个馊主意。如果出现这种情况，你一定要让你的朋友铁面无私、绝不退让。

做到以上四点，你就有写作的动力了。而且，如果你在 30 天内完成了写作目标，你不仅成为了一个小说家，而且是一个维护正义者，因为你没有把钱捐给那些恶人。到时候，你就是超级英雄，等着掌声与喝彩吧。

以家务活为赌注

但是，我们中有的人也许没有储蓄、退休金或者零用钱，所以没有什么钱可以捐给那些让人反感的组织。

不过，不管多穷，我们都有这一赌注：我们的体力。没有钱做赌注的人可以把做家务当成赌注。比如，如果你在一个月内只写了 3 万字，那就帮朋友擦厨房地板；如果只写了 2 万字，那就帮朋友修剪一个月草坪；如果 1 万字都没写完，那就帮朋友给他养的那只大小便失禁的小狗处理一年粪便。

如果你愿意这么打赌，那你的家人朋友肯定会急不可耐地举双手欢迎。为了保证小说写作目标的完成，你最好加大赌注：如果没能完成写作目标，你要把一生中所有的周末都用来做家务。

五届全国小说写作月活动的获胜者丹尼尔·斯特拉霍塔，35 岁，来自旧金山，他就是凭借这一策略顺利完成写作目标的。"我第二次参加全国小说写作月的时候,我的女朋友和我一起写作,"丹尼尔回忆说,"为了督促我们快点写,我俩打赌看谁在 30 分钟之内写的字数多。我们之间的竞争很激烈,因为对输家的惩罚力度在不断加大:从简单的背部按摩和清唱一曲,到很具挑战性的事情,比如半裸跑到大街上、跳滑稽的舞蹈或者随便亲吻陌生人。"

这些惩罚方法还真是让人丢脸,不过效果肯定不可低估。所以,你可以借鉴丹尼尔的策略,用一些有创意的办法激励自己写作。记住:有一点恐惧感对写作大有裨益。

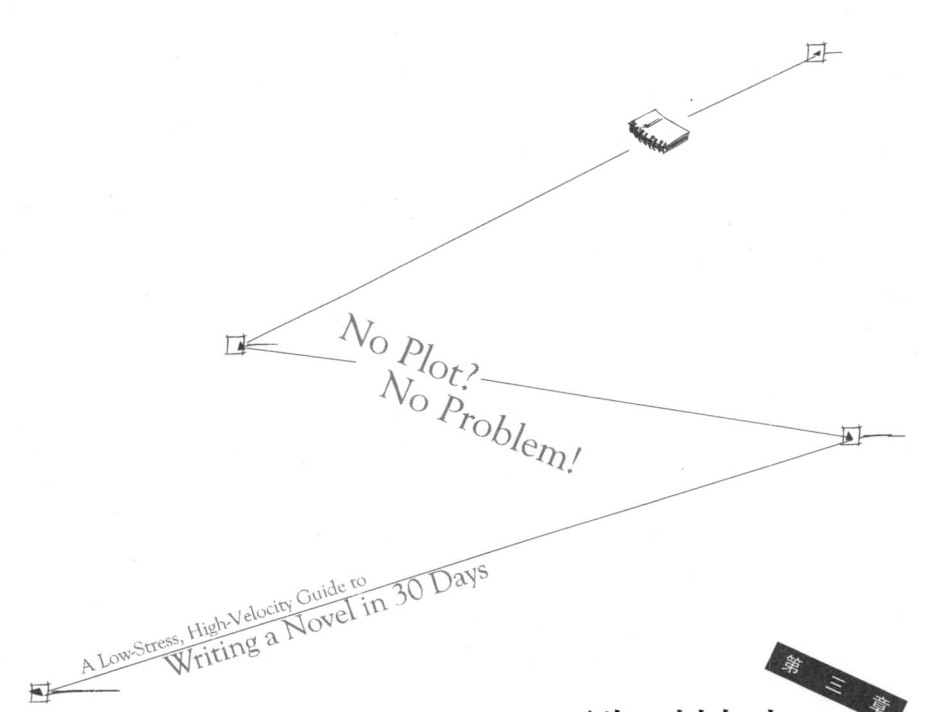

No Plot?
No Problem!

A Low-Stress, High-Velocity Guide to
Writing a Novel in 30 Days

第 三 章

选对地点：
巧用策略激发写作热情

在寻找安静的地方进行写作方面，卡尔拉·埃金斯很快发现，把自己锁在书房也难以抵挡家里闹哄哄的诱惑。

"虽然房门关着，但是家里的孩子们会敲门、踹门、尖叫，还会大哭，"埃金斯说。她42岁，来自印第安纳州北曼彻斯特，是一届全国小说写作月活动的获胜者，"处于青春期的儿子正和女朋友闹分手，年龄更小的孩子又整天缠着你。"

不过，卡尔拉还是找到了一个安静的地方来构思和写作，一个孩子们不会打扰到的地方。

"我在卫生间里进行了大量的构思和'写作'，"她说，"我一直随身带着笔记本或者录音机，因为不知道什么时候也许就会灵感突发，有什么新的想法。"

有孩子需要照顾的写作者可以效仿卡尔拉，随时更换写作地点，只要有想法就及时记录。当然，即使家里没有人打扰，只有植物和尘螨陪伴着你，要找个合适的写作地方也不是那么容易。

在本章，我们要讨论一下不同写作环境的利与弊，从咖啡馆、汽车到廉价的汽车旅馆等等。等确定好了写作地点，我们就要去购买写作要用的东西了——有吃的，还有别的——都是你在写作月中要用到的。

在家里写作

在家里写作对大多数人来说都是最好的选择。因为我们熟悉这个写作环境，不用担心它什么时候打烊，相对来说也比较私密，而且自家的食物和饮料也很便宜。

但是在家写作的优点同时也是缺点。正因为你对家这个环境太熟悉了，你会觉得特别随意，很难严格规定什么时候是"写作时间"、什么时候是"休息时间"，当然，还有那烦人的"洗碗时间"。也许你只是打算迅速去厨房拿点喝的补充一下能量，结果却花了一个小时整理橱柜里的食品罐子。电话响了你要接听，邮件来了也要回复，这些都会打断你的写作。而且，因为是在自己的家里，不需要担心什么时候关门打烊，也没有服务员会轰你出去，所以你想写到什么时候都可以。这种情况下你很难集中时间写作，总会因为别的更紧急的事情而拖延。

要把这些干扰减少到最低限度，你需要如下提示：

第一，尽量把自己隔离起来。

如果你和别人一起住，那就找一个不会被打扰的地方写作。你可以开动脑筋，找一个有新意的地点，比如壁橱、浴室或者车库，任何能关上门的地方都行。如果找不到一个独立的空间，那就让你的电脑对着墙壁，戴上耳机或者耳塞。只要家人和室友不特别抱怨，你就别开手机、别上网，等这一段写作完成了再回复他们的电话和邮件。

第二，在规定好的时间段内写作。

自己规定好写作时间段，告诉你的室友在这段时间内不要打扰你。等写作时间段结束了再干别的事情。这样你可以集中注意力写作，你的家人和室友也会知道什么时候不打扰你，你也就不需要一直那么小心翼翼了。

第三，让自己舒适。

找一张稳定的桌子写作，椅子也要舒适，而且椅子的高度要正好适合打字。

第四，写作时不能看到床。

睡眠实在是一件美事，诱惑太大了。如果你的住所就是工作间，或者你只能在卧室写作，那么就照我说的去做：把繁重的整理箱和其他有重量的东西摞到床上，这样你就睡意全无了。

第五，保持写作地点的整洁。

如果你和我差不多，那么你的生活肯定已经是一团糟了。保证自己每天坐在整洁的环境里写作。这并不是说写作的时候不能大喊大叫或偶尔随便乱扔东西。我发现写作的时候扔个纸团、钢笔或者其他办公用品，其实还挺有意思，即使写得很顺利，我有时也会为了好玩扔点东西。不过，在一天的写作完成之后要把这些东西整理一下，其实也只需要几分钟而已，把纸团捡起来，把咖啡杯、咀嚼过的口香糖和吃剩的骨头收拾到厨房（其实之后也就不管了）。这么收拾一下，不管厨房有多乱，至少写作的地方是整洁的，也就不会影响明天的写作了。

如何不让孩子干扰你的写作？

本来一个月写一本小说已经很难了，对那些已经为人父母的写作者来说，要平衡自己的写作和照顾孩子更是难上加难。

下面是全国小说写作月活动的六位参加者在这个问题上的建议，他们不仅顺利完成了写作目标，而且也没有耽误照顾孩子们的生活起居。

"家里有小孩儿，你就要学会偷时间干自己的事情。如果孩子提出想多睡一会儿，或者多看一集动画片，你可以顺着他，只有这样你才能抽出时间。不过，等写作月结束之后你肯定就不好管理了，但为了写作顺利进行，这么做也值得。"

——汤姆·弗兰，39岁，三届全国小说写作月活动获

第三章　选对地点：巧用策略激发写作热情

胜者，来自加利福尼亚州雷德兰兹市。汤姆有一个3岁的孩子。

"我第一年参加全国小说写作月活动时，我的女儿11岁，所以我在附近书店的咖啡馆里写作，这样我的女儿也能看书玩耍。等我完成写作之后，女儿还对那段时间恋恋不舍呢。"

——谢里丹·皮特斯，42岁，三届全国小说写作月活动获胜者，来自华盛顿。谢里丹有一个13岁的孩子。

"我买了个无线键盘，还挪动了家具，这样我用电脑的时候就可以坐在沙发上，而不是椅子上，我女儿也就可以和我一起坐在沙发上，我打字的时候她依偎在我身旁。当然，我能有时间写作也要感谢我老公，在那个11月份，如果他希望卫生间整洁，他会自己去打扫。我负责写小说和照顾孩子，其他的事情他都包了。"

——亚历山德拉·昆恩，28岁，三届全国小说写作月活动获胜者，来自加利福尼亚州里彭市。亚历山德拉的孩子两岁。

"对于有孩子的写作者，我唯一的建议就是：在孩子不在身边的时候写作，这一个月可以让你的另一半或者保姆照顾孩子，或者在孩子睡觉之后写作，当然这样你就要牺牲睡觉和看电视的时间。"

——劳里·杰克逊，39岁，两届全国小说写作月活动获胜者，来自科罗拉多州科罗拉多泉市。劳里的孩子6岁。

"下决心写小说本来就是件难事，要把写小说摆在第一位更是难上加难。如果你不把它摆在第一位，那么短时间内就不可能完成。如果有孩子，你就得自私一点，多抽出点时间写作才行。我给其他同样身为母亲的写作者们的建议是：如果你有故事，你就写出来。我一直都觉得写小说不仅仅是我们自己的事，其实可能世界上的其他人需要听你的故事。而如果你不写出来，他们会失望的。"

——卡尔拉·埃金斯，42岁，一届全国小说写作月活动获胜者，来自印第安纳州北曼彻斯特市。卡尔拉有四个孩子：一对双胞胎8岁、一个孩子13岁，另一个孩子18岁。

除了家之外，你还需要一个写作总部

对于那些不受台式电脑限制的写作者来说，哪里都是可以写作的地点。笔记本电脑、掌上电脑和纸、笔都可以随身携带，这样你就可以去那些能激发创造力的地方写作。

就拿我来说，我就不能呆在家里写作。尽管我是一个人住，但是我觉得家里太安静、舒适，总是很难集中注意力写作，而且也抵挡不住睡觉的诱惑。除此之外，我觉得我的公寓太封闭了，看不到沿着大街找咖啡馆的那些有趣的陌生人。

在公共场所写作就不同了，你可以看到形形色色的陌生人，而且你不会过于关注自己的邮件，氛围也热闹一些，如果要喝咖啡提神也比较方便。因为我的注意力总是很难集中在一个地方，所以我经常换新的写作环境，我尤其喜欢到那些关门比较晚的地方写作。为了找点新意，更好地写作，我会开车到机场大厅写一天，或者去附近的宜家家居里的自助餐厅写作（还能欣赏旧金山湾的美景！），有时候还会到市中心的某个华丽的旅馆酒吧里写几章。

不过，除了家之外的那么多写作地点中，我最愿意去咖啡馆。

附近的咖啡馆

到咖啡馆写作的好处显而易见：喝咖啡提神很方便、座椅舒适、桌子坚固，而且人来人往、熙熙攘攘，会给你提供很多写作的灵感和素材。

现在无线网络和笔记本电脑已经基本普及了，在咖啡馆敲键盘的声音和煮牛奶的声音一样无可厚非。咖啡馆里的这种氛围有利于小说写作。不过，你在附近寻找咖啡馆的时候要留意以下几点：

第一，找有足够电源插座的咖啡馆。

如果你的笔记本电脑和我的一样老，找一个离电源插座比较近的位置很重要。笔记本电脑的耗电量很低，你只要多点一杯饮料或小吃，估计咖啡馆老板不会因为你的笔记本电脑耗电而有所损失。

如果你想在咖啡馆写作，而又找不到电源插座，那你可以自己带个足够长的插线板。我11月参加全国小说写作月活动的时候，只要去咖啡馆写作，就会在车上放着插线板（我还会带着绝缘带，以防咖啡馆的顾客不小心被插线板绊倒造成触电危险）。

第二，找学生们喜欢去的咖啡馆。

学生们总是比较喜欢在咖啡馆里"安营扎寨"。如果一个咖啡馆的学生顾客比较多，那么大家也比较能够容忍那些呆很久才走的人。因为你每次写作可能会持续两个小时之久，所以一定要找一个不会因为一杯拿铁喝半天而遭别人鄙视的咖啡馆。

第三，找背景音乐比较柔和的咖啡馆。

我在奥克兰市的家附近有一家特别适合写作的咖啡馆：地理位置优越、无线网信号很强、座位舒适，而且电源插座很多。但是，这个咖啡馆却濒临倒闭。为什么呢？因为咖啡馆的老板喜欢震天动地的摇滚乐。像"豪与奥兹双人组"这样的摇滚乐队的音乐如果声音太小是一种折磨，可是声音太大又会威胁听力健康。所以，像这样的地方就不能选择，因为在吵闹的音乐背景下你根本无法集中精力写作，那是在浪费时间。

尽管星巴克有时候感觉没有活力，但它正是适合小说家写作的绝佳场所。它播放的背景音乐通常出乎意料的好（音量比较低，不会打扰人），而且电源插座也足够用。最好的一点是，无论你呆多久，只要你不放火，店员就不会管你。

图书馆

和咖啡馆一样，图书馆也慢慢变成了笔记本电脑使用者们钟爱的地方，因为这里电源插座充足，而且小阅读室也可以上网。与咖啡馆不同的是，在图书馆，你不需要消费就可以一直呆着。而且，如果写作过程中想查资料也很方便。

图书馆的最大缺点就是关门太早。不过，如果你住的地方离大学校园比较近，可能有的学院图书馆晚上 11 点或者 12 点关门。如果你要去图书馆写作，一定要提前打听好，是不是需要学生证才能进入。

从税金中扣除写小说的相关花费[①]

想在购买写小说用的笔记本、钢笔和参考小说时节省一笔开销？想在购买电影票和影碟时享受打折？想房租和房贷能少一些？这些都可以。记住：作为一个小说家，你

---

① 有关税金的情形为美国规定。——编者注

有资格从税金中扣除写小说的相关费用，节省一笔开销。也许可以。

我和来自奥克兰的注册会计师皮特·亚伯咨询过美国国税局对于业余小说家写作减税标准的问题。

"如果你是一个艺术家，"皮特说，"为了创作，你可能需要准备很多东西，但是问题在于，写作对你来说仅仅是一个爱好还是职业。"

如果你和很多人一样，只是写着玩玩，那么你就不能享受减税的优惠了。但是如果你想通过写作赚稿费，那么你就需要注册会计师帮助你理清写作减税问题了。只要是能帮助你写作的花销（例如，去西班牙东部的马略卡岛"调研"，购买有线电视、新的等离子电脑显示屏等等），都属于减税范围。当然，前提是你能证明这些钱都花在了能够帮你完成有望得到稿费的文学创作上。

皮特说，证明你的写作具有商业价值的最简单办法就是出版一本书。由于小说写作行业多年来都不景气，只要你能证明自己试图用小说挣钱，美国国税局肯定会通过减税的方式支持你写作。例如，寄稿件时邮局的收据、写给出版社编辑或书稿代理人的信件的复印件、给出版社打电话的记录单。对了，把你的所有这些努力都留存证据，用信用卡或者支票给写作中的一切花销付账，这样你就有支付证明和收据了。你还要知道，申请减税，尤其是非工资类的减税，被查账的可能性会提高一到两个百分点。

工作的地方

两届全国小说写作月活动的获胜者艾奋·艾哈迈德深知，不是所有的媒体宣传都是好的。这位 32 岁、来自多伦多的全国小说写作月活动参加者接受了报社的采访，结果他本来静悄悄的小说写作计划在办公室尽人皆知。这对他造成了一些出乎意料的影响。

"从被报道那天开始，"他说，"我公司的同事每天都会问我写了多少字、写得怎么样了之类的问题。只要不耽误紧急工作，我在上班时间公开写小说也不会有人非议。我觉得如果我为了写小说不去开会，老板都会欣然同意，因为他对写小说这件事情也很支持。"

这件事听起来好像梦想成真一样。不过，艾哈迈德很快发现，在工作环境写小说其实没那么简单。

"最后，这件事情反而严重妨碍了我的写作，"他懊悔地说，"因为大家都以为我肯定会占用工作时间写小说，我还得特意证明，我并没有影响正常工作，所以在工作时间根本没办法写作。去年参加全国小说写作月活动的时候，我一直秘密地写小说，没有告诉任何人，基本上四分之一的小说都是在工作的时候抽空写的。"

总之，在工作的地方写作好坏参半。好的地方在于我们每周都要工作，而且工作时间很长，用那些本来会被闲聊等浪费掉的时间来写作还是很有意义的。只要在工作期间抽出小部分时间来写作，你下班后不写作也可以完成最终目标。

不过，艾哈迈德的经历告诉我们，在工作地点写作并不容易。为了不遭同事非议，自己不受良心谴责，就只能早点去上班或者晚点下班，抽时间写作。这么做倒也有好处，那就是这些时间段里不会有那么多同事打扰你，问你的写作进度。

米歇尔·马奎斯是一届全国小说写作月活动的获胜者，39 岁，来自多伦多。她觉得她们公司的休息室是个不错的写作地点，她经常带着自己老式掌上电脑和快要散架的键盘去那里写作。

"大家平时都忽略了公司的自助餐厅休息室，"她说，"那里采光挺好，也很宽敞，一个小时的午饭时间正好可以在那儿写作。如果你自己带了午饭，只需要在那儿热一下吃完，然后就可以开始了。"

现在我们谈谈这个问题。占用工作时间写作确实有点不道德。不过，如果你决定这么做，就记住以下四点建议，它们可以帮助你更加高效地利用时间。

第一，在完成小说之前，不要把你写小说的事情告诉给太多的同事（如果一定要告诉的话）。

正如艾哈迈德的经历一样，如果大家都知道你在工作时间写小说，那么即使你确实在工作，别人也会认为你是在写小说。

第二，除非完全不受监督，否则在工作时间写小说时不能放松警惕。

因为这个原因，那些需要发挥想象力、即兴解决的情节问题在工作时间很难解决。你必须提前安排好情节发展，在工作时按照想好的大纲写作，才会比较容易。

第三，不要把你写的小说稿存储在办公电脑里。

如果你要在工作时间写小说，那么要记得把小说稿存储在随身携带的U盘里，或者用谷歌文档进行云存储，这样你就不会把它和其他办公文件混淆，而且也方便在下班之后带回家继续写作。还有一个好处就是，那些喜欢窥探别人隐私的人不会乘虚而入，偷看你的大作。

但是，即便使用U盘，你在办公电脑上写小说也会留下痕迹，还是不能掩盖文档的名字和来自软盘闪存的事实，打开文档处理软件中的"我最近的文档"，还是会出现你的小说文档名。为了避免这些麻烦，你要在结束小说写作之后多打开四五个文档，这样你的小说文档名就不会显示在列表里了。或者，你也可以把自己小说稿的文档名更改为"账目总结"、"不记名票据"之类比较常见的办公文档名，这样就不会让人怀疑了。

第四，随时准备打开掩人耳目的办公文档。

只要敲一下键盘，你随时都可以很顺利地把小说文档切换到掩人耳目的工作表。卡罗尔·安沃克麦克裴，26岁，是一位来自伦敦的三届全国小说写作月活动的获胜者。她建议大家同时按电脑键盘上的"Alt"和"Tab"两个键，随意切换到别的程序。如果你要在工作的时候写小说，那么你晚上要练习一下怎么按键才能神不知鬼不觉地切换电脑程序。

千奇百怪的写作地点

28岁的卡罗来·劳伦斯来自亚特兰大市，她是两届全国小说写作月活动的获胜者。对她来说，健身房是个写小说的好地方。

"那些跑步机总能激发我的创作欲望，"她笑着说，"不过，健身房的很多人可能都以为我有问题，我总是头上戴着耳机，一边健身一边自言自语地讲我的小说情节。"

不管最后写出的小说如何，发挥创意都是写小说的快乐之处。而在小说写作截止日期的压力之下，你会将那些无趣的中途驿站变成神奇的写作中心。如果利用得当，那些看似奇怪的地点可能激发你的想象力，提高你的写作效率。

来自奥克兰的蒂姆·隆尼斯就是在本书第二章提到的那位后来居上的小说写作者，他觉得在廉价的汽车旅馆里写作效率很高（他在网上预定那些偏僻的郊区旅馆）。

还有一个更吸引人的写作地点，那就是社区附近的酒吧。对于36岁、来自密歇根州底特律的艾米·普罗布斯特来说，附近的酒吧是个不错的写作地点，她会拖着自己的写作小组一起去那里写作。她是两届全国小说写作月活动的获胜者。

艾米写道："在底特律，参加全国小说写作月的伙伴会和我一起到附近的一家酒吧写作。我们给酒吧的自动点唱机投进去几美分，然后开始写小说，直到音乐停止，我们也停止。这么做能激发我们的写作灵感，而且酒吧的那些常客也能为我们的小说人物塑造和对话描写提供一些素材。"

我在奥克兰的一家出售自制啤酒的酒吧里也有过类似的经历。这家酒吧在奥克兰的会展中心附近。晚上，那些参加会展的人离开之后，这个地方就空空如也，如鬼城一般。虽然我自己觉得带着电脑去酒吧写作会有点怪，但是酒吧的那些人其实还是很欢迎我们的。

"带电脑来写作的人来了！"不管我们什么时候去，酒吧的一个服务员都会很热情地招呼我们。有时候，也会有一些酒吧常客用奇怪的眼神看着我们，但是通常没有人打扰我们，我们可以专心致志地盯着电脑写作，顺便喝点吉尼斯黑啤酒。

如果你想找一个可以无所顾忌的酒吧去写作，考虑一下宾馆大厅的酒吧。这种地方总是有很多工作繁忙的人进进出出，酒吧开到很晚，而且你带着电脑去也不足为奇。同时，你还可以留意到，虽然大家表面上喝着鸡尾酒，其乐融融，可是暗地里却干着不法勾当、缔结阴险联盟。这种类型的故事不是一直以来都为小说家们津津乐道吗？

咖啡的奇妙功用

如果你一直都不理解为什么小说家那么喜欢喝咖啡，那么在接下来一个月的写作中你肯定会明白。不管你以何种方式煮咖啡，或者从附近的咖啡店里买咖啡，你都会在写作时感恩自己能有咖啡的陪伴。

科学研究表明，咖啡因只需要几分钟就可以对全身的细胞起作用。而且，咖啡因还可以抵制抑郁，一杯咖啡就可以让你心情愉悦 8 个小时。咖啡还含有抗氧化物，可以与人体自身分泌的抗氧化物一样产生保健功效。

咖啡的历史可以写一部小说。最早喝咖啡的是埃塞俄比亚人。那时候人们只是用咖啡叶子泡茶喝，而不用咖啡豆。最后，也门人将咖啡豆制成饮品，然后咖啡就风靡于阿拉伯世界和其他国家。也门的统治者不允许可重复种植的咖啡豆出口，所以咖啡豆的供应一直有限。直到 1616 年，一些荷兰商人带着咖啡树苗逃走，在斯里兰卡种植了这种偷来的树苗。不久之后，荷兰的殖民地爪哇岛、苏门答腊岛和巴厘岛都开始大规模出产咖啡豆，世界各地的人们终于可以享受咖啡的怡人清香了。随着时间的推移，海地、巴西和危地马拉因为种植咖啡豆得到了很快的发展，奴隶们开始反抗、政治革命和经济危机风起云涌。这些都是你现在喝的咖啡的丰富历史遗产。现在，我们也喝一杯吧！

写作必备品

现在要聊一聊零食啦！在开始写作之前，你要购买一些东西，这就像旅行之前要做好准备一样。其实为写小说准备要用的东西也很有意思。一个月的小说写作就如同去巴哈马群岛旅游一样，要准备的东西很多。如果你精打细算，那么所有的高科技装备、基础工具和食品饮料应该 35 美元就可以打住。

你所需要的东西分为两类：你能吃的东西和你不能吃的东西。

第三章　选对地点：巧用策略激发写作热情

下面，我们先说不能吃的东西，然后再聊那些必备的零食和饮品。

笔记本

这个世界还是很偏爱小说家的。在准备写小说的时候，你会欣喜地发现有很多可供借鉴和引用的素材。

在公交车上，坐在你旁边的一对恋人的争吵可能会影响你的小说写作，逐字记录这些对话，也许就是你小说人物爱情生活的转折点；朋友之间会聊到工作中的趣事，比如发错邮件带来的尴尬，这也许会成为你小说的一个次要情节。不管是长颈鹿或者像浣熊形状的云朵，还是收音机里播放的重金属音乐，外部世界会为我们提供各种各样的写作素材，可能多到你都招架不住。所以，你根本不用担心没有写作灵感。

咖啡对小说家的重要性不再赘述。笔记本对小说家来说也是必不可少的利器，它可以帮你记录生活中的点点滴滴。买笔记本时要选购大小合适的，可以放在口袋或者钱包里，这样就不会在公共场合太过招摇。不要买那种颜色太鲜艳或者螺旋装订的笔记本。这种笔记本容易掉页，而且一不小心还会钩挂衣服。

神奇的笔

一支笔对于笔记本来说必不可少，应该随身携带。选购笔时一定要选对。不要冲进文具店随便拿起一支圆珠笔。选购一支神奇的笔，这样你才能好好记录自己的感慨和顿悟。如果一开始选错了笔，会对接下来的写作很不利。买笔的时候全部试用一下，在纸上写几句话，比如"我是一个充满写作动力的人"，或者"未来伟大的小说家"。在反复试用之后，肯定会有一支笔脱颖而出，这支神奇的笔将帮助你完成小说写作之旅。

如果你工作的地方有很多笔可以用，那就能省一点钱（而且不用去文具店）。你可以乘别人不注意的时候，挑出一支笔据为己有，专门用来写作。

文字处理器

文字处理器就是你小说写作的数字处理设备，可能在所有你需要的东西中，这个你早就有了。为了携带方便，笔记本电脑是写小说的最佳伴侣。如果你的笔记本电脑有些老化、过时，可以网购换个电池（或者两个）。

有的全国小说写作月活动参加者推荐一款机器，"初级智能机"（www.alphasmart.com）。这款机器是可使用电池的文字处理器，看起来有点像笔记本电脑和孩子们的点读机的结合。机器屏幕很小，一次只能显示四行字，这样看起来也不会觉得很烦躁，键盘很大也很舒服，而且只要两节五号电池就可以工作 26 个小时。

如果你不打算花几百美元买新的文字处理器，那也没关系：台式电脑、外接键盘的掌上电脑或者手动打字机都可以。全国小说写作月活动的参加者们有的用声音识别软件，有的打印或手写，他们都顺利完成了 5 万字的写作目标。

参考小说

开始写小说之后，你会马上发现，有很多关于语法和写作风格的问题不明白。是不是所有的引语都要首行缩进、和正文分开？那些单独成句的附加说明也要这么处理吗？小说人物的内心独白要斜体吗？这些问题都会在写作中出现。

职业编辑会建议你拿一本指导书做参考，比如：小威廉·斯特伦克的《风格的要素》，或者更无聊的《芝加哥格式手册》。我觉得这两本书内容编排很奇怪，而且一看就想睡觉。所以，为了写作时保持动力，我手边总是放着尼克·霍恩比写的小说《高度忠诚》，以它作为小说写作格式和风格的模板。你熟悉且喜欢的书都可以作为写作格式和风格的参考书，这也是犒劳自己的一个好机会：买一本自己一直想买的书。

音乐

不需要处方，音乐是无可争议的促进写作的良方。在写作开始之前，你要尽可能多地积累一些有助于写作的歌曲。每一本小说，不管是否很明显，其实都有自己的主题曲。你所要做的就是找到那个主题曲。写作时随着情节发展和场景变化而变换音乐，这样有助于你更加真切地进入小说创作的世界。不管你写的是夸张的暴力、恐怖小说，还是正统、高雅的历史小说，你总能找到合适的背景音乐，帮助你的写作。

我很喜欢电影配乐，因为这些音乐总能适度夸张而又恰到好处地表现电影故事。当你的小说人物迈着阔步，去和房东或者食人鱼做最后的决斗时，你肯定不会想要澳洲比吉斯乐队的疯狂舞曲做背景音乐，这种情节需要史诗般的鼓点和急促悠扬的琴声。

无论喜欢什么类型的音乐，你都要准备很多激励自己写作的歌曲。你也可以利用网上电台，比如潘多拉（www.pandora.com）。这些电台提供成千上万的音乐流派，不管你喜欢什么样的音乐都可以找到。

耳机的强大功用

我写小说的时候会戴上那种很大的、可以盖住耳朵的耳机，有时候听CD的时候也会戴。

我喜欢戴这种耳机的原因是，它可以让外界的声音没有那么大，但是也不会像耳塞那样让我觉得与世隔绝，如同潜入深海一样。戴上耳机听 CD 或者 MP3 的时候，音乐缓缓流入脑海，那优美的韵律让我的思想也活跃起来，写作也变得很流畅、自然。

戴上耳机，不管你是不是在听音乐，别人一般都不会打扰你，为你省去很多交际的烦恼。如果你是女性，在咖啡馆写小说时戴上耳机就显得更加有用。对于特定的人群来说（其实就是男性），如果一个人在公共场所皱着眉头、对着电脑不停打字，那就意味着："我其实并没有干什么正事，你快来搭讪吧。"这种时候，戴着耳机就是让那些意图明显、惹人恼火的家伙安静老实的绝妙办法。

写作标志

蜘蛛侠的标志是他的紧身衣；神奇女侠的标志是能使子弹转向的手镯。来自伯克利的全国小说写作月活动参加者艾琳·奥德的标志是她的无指手套。

"那手套不过是特别廉价的黑色棉手套而已。"这位 30 岁、三届全国小说写作月活动的获胜者说道，"手套所有的指头都没有剪齐整是因为我不太会用剪刀。我只有在写不下去的时候才会戴上这副手套。每次戴上手套我都感觉自己好像是一个老派的作家，一个穷困潦倒的小说家，在冷清的家里借着烛光写作。这么一想，我写作的兴趣就来了。戴上手套也可以帮助我转移注意力，我会更集中精神打字、写作，而不再只是空想那些天花乱坠的句子。"

艾琳可以作证，一个月的写作中，你不再是一个凡人，你要让自己具备超级写作能力，你也需要穿戴一点特别的东西来激发你的超能力。

穿戴能够激发你超能力的东西益处良多。首先，这么做可以让你从每天的日常生活中挣脱出来，进入小说创作的王国。在日常生活中你只是一个平凡的人，做着平凡的事情，但是在小说王国中，你就是万能的神。只要你键盘一动，整个世界都可能沦为废墟。

对我来说，只要戴上那塑料的维京头盔，我就知道自己已经离开了这个真实的世界，驶向我小说的瓦尔哈拉殿堂。戴上帽子之后，我就知道我已经身居他处，而我会一直呆在这个地方，直到弹尽粮绝。

不管你的写作标志是帽子、披肩、假发或者长裤套装，它们都会提醒你：你正在做一件有趣、甚至有些滑稽却充满创意的事情，你的目标是在几周内完成创意写作。当你穿戴上这些写作标志的时候，你肯定满脑子都是写作。

就我个人而言，写作之前我要准备好多头饰作为写作标志，然后根据写作进展决定用什么头饰。如果我的写作进行顺利，我就戴上垒球帽。每次戴上它的时候我都感觉轻松、没有压力。如果我写到比较复杂的地方，那就要戴上维京头盔了。如果小说完全走向错误，那就要戴上牛仔帽，这样我可以把帽檐压低，让和我合作不愉快的小说在我的面前发抖，如果它还这么不识趣，那后果会很严重。

写作时穿戴一些特别的东西还有一个好处：和你同住的人知道你在写东西，就不会打扰你了。就算是小孩，看到你在写作也不会轻易打扰你，除非他们惹火上身，或者家里的某个可爱的宠物要倒霉了。

吃好喝好，一路写到5万字

如果一定要描述一下我一个月写5万字小说的动力从哪里来，

那就是：好吃好喝地款待自己。

写小说是一件充满创意的事情，同时它也是一个宠爱自己的机会。那些你一直想要拥有可是一直没能拥有的好东西，这个时候可以买来犒赏自己。写作的时候可以去饭店吃饭，可以吃甜食、喝没有尝试过的饮料。这些方式都能使你精力充沛，让你一个月的写作生活不那么辛苦。

附近餐馆的外卖食物

一个月内写一本小说就如同跑马拉松一样：你要确保自己的能量供给充足，最好当你跑过路边时还有好心的陌生人给你递食物和水。好在你的附近有很多餐馆，它们可以提供食物和水，而且每餐都花费不多。

在写作的月份中要好好利用这些便利的餐馆提供的食物。记住：你没有必要又写小说又做饭，不想做饭就去餐馆吃，这对大家都好。

自己准备一份"大餐"

如果你发现餐馆的外卖快吃不起了，那就去商店买点东西储存起来，自己做"大餐"吧。"大餐"就是那些特别好做，而且分量又足，你去吃自助餐时比较喜欢吃的那些东西，比如：量很多的千层面、砂锅，还有金枪鱼沙拉。土豆也可以一次做很多，然后把它们放到冰箱里，什么时候想吃了就配上些调料和蔬菜。

大量的零食

说到蔬菜，当你写作时，在键盘旁边的任何食物都能引起你的食欲，此时正是你补充维生素和矿物质的好机会，不过可能这一个月之后你就再也不想吃这些有丰富矿物质的食物了。

第三章　选对地点：巧用策略激发写作热情

到你喜欢的商店去疯狂采购一把，在鲜果区多选购一些胡萝卜、芹菜、西兰花、青椒等吸引你的蔬菜。回家之后，把它们切碎，放到冰箱。这些蔬菜能保鲜一段时间，等你下次要吃的时候还很脆、很清爽。

但是，一个作家光吃芹菜怎么能行呢？写作的时候，你需要大量的糖分才能提供足够的能量，这正是狂吃巧克力的大好机会。

你唯一应该担心的问题就是："我在电脑前吃这些东西会不会把残渣掉到键盘上？"当然，有的是不会掉残渣的食物。

在存储了足够的垃圾食品之后，你就要开始计划怎么消灭它们了。记住：一定要在完成一段写作之后才奖励自己吃零食。

饮品

科学研究表明，脱水是导致人感到疲劳的主要原因之一。如果你写作时太过疲劳，肯定会影响写作进度，所以你一定要随时补充水分。

纯净水虽然无味，却是必需的。当然，尝试一些没有喝过的饮料也是不错的选择，让你的写作过程不再那么平淡无聊，好像你每次去冰箱拿饮料时都会有意外的惊喜一样。所以，去商店买饮料的时候除了买自己喜欢喝的东西，也可以尝试一些新东西，像什么芒果巧克力番石榴蜂蜜混合饮料，或者石榴甜菜苏打水等。

当然也别忘了准备热饮。咖啡、茶和热巧克力都可以提神，而且热饮对身体有益，慢慢喝正好休息。想想那个画面，一杯热腾腾的饮料放在电脑旁边，你静静地在那里写作，这时候如果有一个人走过来想看你写得怎么样了，该是多么美好、浪漫而温馨的画面啊。

第四章

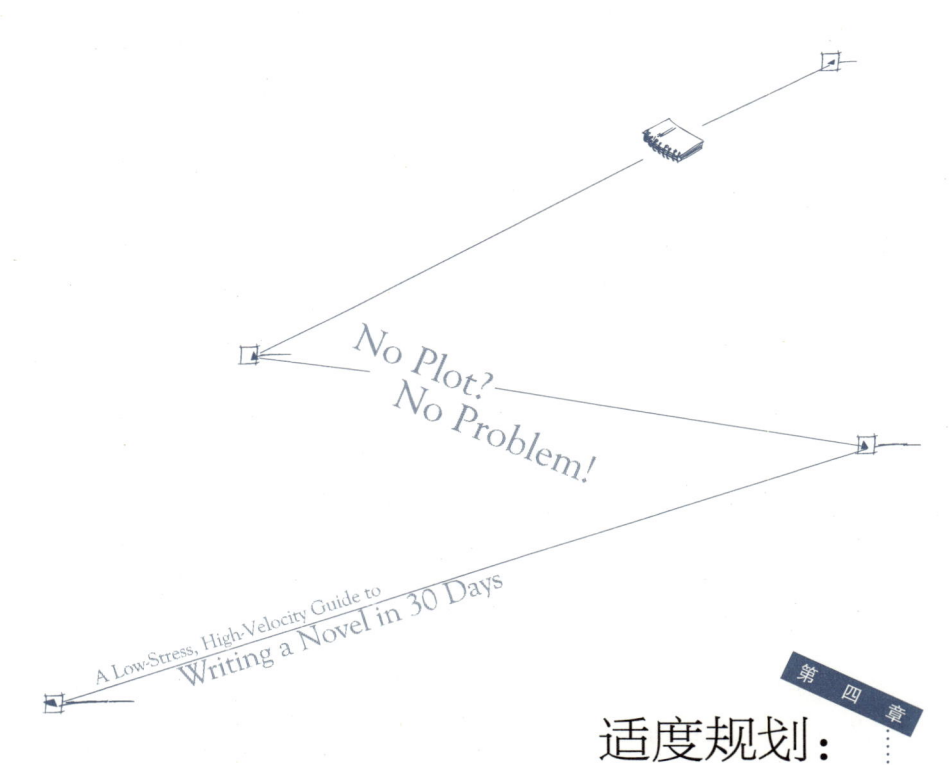

适度规划：
提前构思小说人物和情节发展

准备了几个月之后，詹妮弗·麦克里迪终于弄清楚怎么写她那错综复杂的奇幻小说了。

"我想好了小说的人物生平、相关地图以及重要语句。"詹妮弗说道，她来自底特律，20岁，是一届全国小说写作月活动的获胜者。"我把小说涉及到的文化、社会、宗教、等级制度，甚至地区服装特色、基因变异、武器和风俗习惯都想到了。"

然而，全国小说写作月活动开始之后，詹妮弗带着这些准备好的笔记却无从下笔。

"我做了这么多准备工作，真要开始写的时候却有点担心写不好。想到自己花了这么多心血构思一部小说，如果在30天内写完肯定不能达到我想要的水平，于是，我决定把这个构思暂且搁置，另起炉灶重新写作。"

有这种经历的人不止詹妮弗一个。其实，成千上万的全国小说写作月活动参加者都有过同样的经历：自己构想好几个月、甚至好几年的小说，一旦开始写却不知该如何下笔。

这也许听起来让人难以置信，但写小说就是这样。并不是你准备越充分，写出的小说就越好，过多的准备工作有时反而会让写作停滞不前。也许你提前想好小说中很多要涉及的内容，比如：人物性格、背景故事、情节发展、比喻、主题，但其实如果你什么都不想，轻装上阵未必不可，有时这么做反倒更有利于写作。

当然，适度地提前计划很有益处。而且，坐在咖啡馆里构思小说主题、人物、地点和表达方式，也很有趣。就算你想即兴写作，从长远来看，提前构思也有帮助：你不知道该怎么写的时候可以参考一下之前的规划和想法。

提前构思小说的时候，你可以尽情地做笔记、设计人物表、故事大纲、城市地图、人物服装设计图、能引起回忆的照片和能够得到鼓励的箴言。让这些东西充满你的房间也没关系，因为你最多只有一个星期的时间规划，之后就要正式开始写作。

学会利用搜索引擎：轻松查找写作资料

在准备写作资料的过程中，你会发现自己对想写的主题有很多盲点。为了避免写作时毫无头绪，你可以向搜索引擎寻求帮助。举个例子：如果我的小说背景设定在新加坡，要写一个发明新加坡司令鸡尾酒的酒保。当然，我也不知道这个故事有什么好，但是我就决定写它了。

我要问自己，我了解新加坡吗？不了解。我喝过新加坡司令鸡尾酒吗？没有。

这个时候就该向谷歌之类的搜索引擎求救了。我在谷歌搜索栏输入"新加坡司令"、"历史"和"新加坡"等关键词，然后按键查找。稍后，谷歌就会列出与我要查找的资料相符的很多词条，供我选择查阅。

这当然要感谢万能的网络，只要键盘、鼠标一动就可以查到想知道的资料。20分钟以内我就可以知道新加坡司令鸡尾酒是一个叫做严崇文的酒保于20世纪20年代发明的，这位酒保在新加坡弗莱士大酒店上班。这是一种樱桃白兰地鸡尾酒，价格不菲，要17美元一杯。通过查资料，我还知道弗莱士大酒店在20世纪初期受到很多作家的欢迎，英国著名作家毛姆就在这家酒店住过好几年，著文歌颂伟大的东方。

知名的作家，不知名的酒，还有那场即将改变他们命运的战争。有这些资料的帮助，我的小说都可以用作剧本拍电影了。当然，功绩归于谷歌！

适度规划的益处

在一个星期之内规划好一本小说的写作，看似时间太短，但是你要相信：时间刚刚好。七天时间足够你在纸上记下一些好主意，而且可以避免规划得过于细致。太详细地规划对小说写作很危险，原因有三：

第一，如果给自己过多的时间规划小说写作，你也许会得到一个绝妙的想法，而这恰恰是你要避免的。每一年的全国小说写作月活动中，我都会收到一些参加者的邮件，说自己要退出活动，因为他们有特别好的写作想法，而一个月的时间根本不可能完成写作。他们需要更多的时间来慢慢完成。

但是，我六个月之后联系他们的时候，他们根本就没有写小说。为什么呢？因为他们的想法太美好了，他们害怕自己一旦开始写作，会达不到期望的水平。

小说初稿就像面团一样，你要揉它拍它才能让它不断完善。如果你一开始就想到一个绝无仅有的好主意，你就不可能那么粗暴地对待它了。你肯定会小心翼翼、如履薄冰地写作，而这样对小说初稿的写作很不利。如果你只给自己一个星期的时间来规划小说写作，那么就没有时间过于细致地思考，也就不会过于偏袒自己最初的想法。这样你才能不断地修改自己的构思，完善自己的小说。

第二，一旦错过了某一点，规划写作就变成了拖延写作的借口。你永远都不可能做好完全的准备才开始写作。在准备写作和查阅资料上花的时间越多，你开始写作时的压力就越大，因为想到自己之前的那么多努力，你肯定希望小说能够完美无瑕。为了能够在一个月内顺利完成小说写作,你一定不能有太大的压力,所以一个星期的适度规划之后,你就应该开始正式的写作。

第三,提前写作,尤其当你擅长此道时,让有些写作者在全国小说写作月备受煎熬。没有什么比用一个月的时间在画好的画儿上着色更无聊乏味的了。提前写作的感受就是如此。如果只在七天之内构想一下小说的大概轮廓,那么在开始写作之后,你肯定有很多问题没有彻底弄明白。这样很好。这让你在写作过程中可以享受探索的乐趣,保持作为一个作家能体会到的高强度的惊喜和愉悦。

所以,看到本章接下来要列出的关于小说人物、情节、背景和语言的问题,你不必过虑。这些问题并不都需要在写小说之前搞清楚。列出这些问题,目的在于帮你理清哪些要素你比较喜欢,可以运用到你的小说创作当中去。

两部"大宪章"

在开始写小说之前,我们先做个简单的练习。

拿出你的笔记本和那支神奇的笔,写出你心目中的好小说应该具备哪些要素。

这个问题确实很宽泛,也很费解,但你还是要想一下。答案因人而异,可以很详细确定,也可以很笼统模糊。比如篇章要简短,应该包括一些情色描写,或者大量穿插调皮捣蛋的小精灵的故事等等,不一而足。只要你觉得好小说应该包含这些要素,就记录下来。

下面是我的列表,供你参考:

> 第一人称叙述
>
> 古怪的小说人物

真爱

失而复得的物品

失望

音乐

发泄

争论不休的老年人

强大、有魅力的主人公

无法成就的恋情

睿智、含蓄的小说风格

城市背景

扣人心弦的章节尾声

处于人生转折点的人物

放在工作场所的书籍

美满的结局

好了，你要开始给自己列表了。不用着急，慢慢来。

等你列好之后，把它裱起来。这个列表就是你写作月的"第一大宪章"，它能帮你发挥惊人的创造力，用一本好小说丰富人类的精神世界。

为什么这个列表如此重要，还要裱起来呢？

因为作为读者的你所欣赏的这些好小说的要素，也是作为作者的你写作时想达到的目标。这些小说语言、情感色彩和写作技巧，不管什么原因，都是你认为对写作特别重要的。在你用一个星期的时间规划写作大纲的过程中，你要尽量把列表中的要素应用到自己的小说创作中去。

例如，如果你喜欢小说开头有引语，就要开始积累一些精练、有力的句子，以便自己在写小说开头时可以使用；如果你喜欢讲述成长故事，那么可以写暑期夏令营。一般而言，你作为读者喜欢的那些小说风格、主题和情节，在你写作的时候用起来也游刃有余。

好了，第一个列表就是这样。现在要制定另一个同样重要的列表。

在第二个列表中，你要列出小说中哪些要素让你觉得无聊和难受。同样，你不必太拘谨，既可以很详细，也可以大概列一下。一定要诚实。如果你不喜欢书中文字太多、图片太少，就写出来。这样做不是要予以评价，而是想要理解你。

我的列表会包括以下各项：

> 主人公是个无可救药的坏人
> 小说背景设定在农场
> 小说人物有精神病
> 以饮食为主题
> 妖魔鬼怪
> 兄弟姐妹之间的不和
> 人物思想描述太多
> 道德主题过于沉重
> 背景设定在 19 世纪
> 悲惨的结局

看完我的列表，现在该你了。写下那些你觉得小说中不好的要素。开始吧！

完成列表之后，把它裱起来，命名为"第二大宪章"，与先前的"第一大宪章"呼应。

在你构想小说大纲的一个星期中，把"第二大宪章"放到手边，这样就可以时刻提醒自己哪些要素一定不能写到小说里。

要提醒自己把不喜欢的要素排除于小说写作之外，听起来似乎愚不可及，因为既然你不喜欢，又怎么会在创作中写到这些要素呢？这里你要注意了：这些你认为不好的要素很狡猾，一不小心就会找到缝隙钻到你的小说里。

它们之所以会出现在你的写作中，乃是因为：我们总想不断地完善自己的小说，总会不断地质疑自己的作品，这样就容易放松警惕，让自己本不欣赏的小说要素乘虚而入。就像我们有时候会买那些格调高雅的巨著，本来是想提高自己，但其实根本就不喜欢，买回来也是束之高阁，最后在孩子们的劝说下捐给街角敬老院的老人们阅读。

我们买这些格调高雅的巨著是因为，我们觉得这些书虽然无趣，但是在某些方面对我们有好处。我们看待这些文学作品的心理就如同看待麦麸的心理一样，总觉得那些越是干瘪、无味的东西，越是对我们大有裨益。这样的心理也会延伸到写作领域，如果我们担心小说没有什么实质性内容，很快就会到"第二大宪章"里去找那些"麦麸"。

如果你还是不相信，请看下面一个实例。

第二次参加全国小说写作月活动时，我觉得自己上次写的那个小说——关于一个美国音乐呆子爱上为了绿卡嫁给他的苏格兰妻子的故事——太没有内涵了。

所以，我决定第二次写一本严肃的书。在缺乏实质性内容的情况下，我只能让本来可以快乐有趣的主人公饱受精神疾病的折磨、被自杀的亲友和鬼魂纠缠，终于难堪道德主题的重压，彻底崩溃。

本来想写一本经得起时间考验的小说，结果却弄巧成拙。小说没写三天我自己就厌烦了。为了写出严肃的小说，我把"第二大宪章"上所有不喜欢的要素都用到了，结果写了5 000字之后，我就对小说女主人公的悲惨生活失去了兴趣。出于倔强的本性，同时也因为没有其他更好的想法，我强迫自己把小说写完，但是压抑的结局已经注定。

这件事情的教训是：你不喜欢读的小说，你肯定也不会想写。如果你真的对民族精神的弊病造成的苦难、对沙特阿拉伯正在上演的宗教教派政治化，或者房价上涨及其背后的种族歧视和错误的现代化等问题感兴趣，那么你当然可以写关于这些主题的小说。

但是，如果你内心深处想写关于一对有超能力、会功夫、穿着粉色斗篷的树袋熊的小说也可以，它们开着小型卡丁车在城市街道飞速穿行，这也不失为一个好的写作创意。

在规划小说写作的一个星期中，你要记住，最重要的是，你的小说不需要那么完美。这一个月的写作就如同参加一场疯狂的、热闹的舞会，那里演奏着你最喜欢的音乐；或者当做 30 天到糖果店免费品尝，而且毫无增肥之忧的美妙之旅。当你构思写作应该包括什么要素的时候，一定不要将"第二大宪章"的那些要素用到自己的作品中。写出你的快乐，好作品自然如影随形。

准备阶段：
全国小说写作月活动获胜者分享写作技巧

"说到写作素材的收集，我可是一把好手。我对自己小说人物的星座和生理周期都有深入的研究。我从棋盘游戏中抽牌，强迫自己在牌的背面写上答案。我也会浏览博客，寻找写作素材。"

——艾哈迈德，32 岁，两届全国小说写作月活动获胜者，来自多伦多

"在写作的那一个月里，如果遇到我不清楚的地方，而且查询这些问题需要超过十五分钟的时间，我就会暂时搁置

它们,并且作出标记,等我最后修改的时候再进一步确认。"

——米歇尔·马奎斯,39 岁,一届全国小说写作月活动获胜者,来自多伦多

"在自己的小说中安排历史人物、其他故事中的人物或者真实事件,虽然很有吸引力,但是一定要确保自己对这些内容非常了解,否则就不要轻易涉足。如果实在不行的话,你可以含糊其辞、一笔带过,这样可以避免不必要的错误。"

——安德鲁·约翰逊,29 岁,三届全国小说写作月活动获胜者,来自新西兰的克赖斯特彻奇市

"我在索引卡上做笔记,用不同颜色的笔区分不同的小说人物和情节发展。然后,10 月的最后一个星期,我把这些索引卡像摆塔罗牌一样摆好,进一步研究怎么安排它们。这样我就可以看出小说情节安排存在的漏洞。等 11 月的写作活动开始后,我就可以参考这些索引卡,基本上能知道接下来应该安排什么场景。这个办法对我帮助很大,尤其是在没有写作想法的时候。但是,我通常只会构想好四分之三的情节,因为我需要给自己留一点悬念,这样才能有写作的动力。"

——苏西·罗杰斯,46 岁,两届全国小说写作月活动获胜者,来自明尼苏达州的圣保罗市

"我早就觉得我的小说肯定需要很多辅助情节。我不仅制定了小说大纲(其实我制定了很多大纲),而且还制定了时间表。但不是电脑上常有的那种没什么督促效果的时间表,我让男朋友带回家一些屠夫纸[①],我用这张纸做了一个

[①] butcher paper,一种厚而不透水的纸,可用来绘画。

布满整个卧室墙壁的巨大时间表。我觉得制定小说写作大纲和时间表很有益处，它能让你对整个小说写作有一个规划。"

——米歇尔·布赫尔，24岁，一届全国小说写作月活动获胜者，来自加利福尼亚州的阿拉米达

你写书要考虑的几个问题

金光闪闪的两部"大宪章"给你列出了写小说时应该和不应该包括的要素。现在，你要在它们的指导之下思考你的小说人物、情节、背景和叙述角度。

接下来的讨论能帮你弄清在写作规划中可能遇到的问题。开动脑筋、制作列表，就算是那些看似愚蠢的想法也不要错过。通过一个星期的深刻思考、积累和筛选，你肯定能有一些很好的或者至少还不错的想法。做完这些准备工作之后，有趣的写作之旅就正式开始啦！

选择人物

不管你有没有注意到，从打算一个月内写一本小说开始，你的大脑已经在思考并物色可能的小说人物了。在一个星期的小说写作规划中，你会用新的角度去看待周围的朋友和陌生人，希望发掘一些对小说写作有价值的东西。不论是喃喃自语、口发牢骚、在商店门前卖郁金香的花商，还是在上班乘坐地铁途中低声讲述昨晚艳遇的女经理，这些人的个性特征、怪癖和烦人之处都可以成为你的小说素材。

有这么多的人物备选，你在小说中到底该塑造一个什么样的角色呢？

这时，你的"第一大宪章"就派上用场了。我看了自己的列表，觉得我的小说人物应该是住在城市里，从事比较古怪的职业（也许和争论不休的老年人一起工作？），而且执著地寻找真爱。（事实上，我塑造的小说人物中有一半都是这种类型。）

另一个选择小说人物的办法就是挑那些你想进一步了解的人物。记住：你和这些小说人物要在一起相处很长时间，所以在选择小说人物的时候，一定要问自己：如果你和这个人物一起巡游一个月，你觉得怎么样？即便是十分无趣的人、黑心恶棍、九头蛇女妖，都可以成为你的小说人物，只要你觉得一个月内每天和他们玩推圆盘游戏、吃龙虾自助餐都很自在，那就没问题。

如果你已经决定邀请什么样的人物和你一起完成写作之旅，你就要好好款待这些人物，在自己七天的写作规划里认真追问关于这些人物的问题。你可以提以下问题：

他们的年龄？

从某种程度上讲，一个人物的年龄将决定你的故事基调，每个年龄段都有不同的欲望、梦想、挑战和经济状况。如果你要遵循"写你所熟知的人物"这条准则，那你就只能写你的同龄人或者比你岁数要小的人。但是我本人并不推崇这种准则，我觉得应该写自己想进一步了解的那些人物的故事。不过，如果小说人物的年龄和你相仿，确实容易写。

他们的性别？

如果小说的主人公性别和作者不同，对有些人来说并不影响写作，但是对另一些人来说却无从下手。如果你还不确定你的主人公应该是什么性别，我建议你写一个和你性别一样的主人公，尤其在写第一本小说的时候，这么做比较明智。

一旦确定了主人公的性别，你就要开始思考怎样围绕主人公展开曲折的情节和营造潜在的冲突了。如果你的主人公是女性，那么她与传统的女性角色相比有何特别之处？如果你的主人公是男性，那么他是传统的男性形象吗？或者他看到有婴儿和小猫的广告会感动到哭泣吗？

他们的职业？

如果你的主人公的年龄处于 18 岁到 65 岁之间，那么他很大一部分生活都被工作占据着。当然，你的小说是不是写他的工作，由你决定。我在我的"大宪章"里提到过，我很喜欢在小说中描写工作趣事。其实我们在工作中度过的时间是最多的，比夫妻相处的时间还要多，所以工作场所是大家互相竞争、勾心斗角的最佳舞台，这就为推动小说情节提供了很多素材。

他们的朋友、家人和爱情趣味？

一个人物拥有的朋友、家人越多，你写作的素材就越多。但是，你的小说人物社交圈子越大，也就意味着你的写作量会加大（尤其当你的小说人物家中有小孩时）。因为我自己是一个比较懒惰的作家，如果让我在小说中塑造太多的人物，我会觉得难以应付。所以，我的小说主人公通常都是最近分手（马上就有情感共鸣），刚刚搬到一个新的地方（社交空白）。

想象力越丰富的作家在塑造人物的时候越是大胆。不过，我的建议是：第一次写小说的作家要让人物关系简单。5 万字的小说的情节推进比你想象的要快得多；如果人物关系太复杂，你可能会浪费很多时间处理这些关系，而对小说的重心用时不够。

他们的生活空间？

这个问题不是关于大概方位的，方位问题我们会在本书的"背景"一部分进行讨论。这里说的是小说人物住所的内部环境、厨房或卧室。每个人的房间风格和他们生活中的行事风格是一致的，所以对小说人物生活环境的细致描写能反映他们的喜好和特色。

他们的业余爱好？

我塑造小说人物的时候喜欢给他们设定一些奇怪的业余爱好，可能是神秘的收藏，或者喜欢参加无人问津的、乏味的运动项目。你的小说人物在工作之余干什么？他们和谁在一起？他们是一个团队吗？还是通过网聊聚在一起？这个爱好为什么吸引他们？他们在业余爱好上花多少时间？

一年前他们在做什么？五年前呢？

现在我们要谈的是"背景故事"——那些早在故事开始之前小说人物经历过的事情。有些人物可能备受过去的折磨：一桩谋杀案、一次分手的经历、一张丢失的彩票，他们可能永远都走不出这些阴影。你可以选择是否在小说中暗示这些"背景故事"，但是知道一些过去的事可以加深对小说人物的理解。

因为我在写作之前构思主要情节已经够头疼了，所以"背景故事"都是在写作过程中才去想。如果你已经想好了自己的小说人物，就可以设计"背景故事"：他们长大之后想干什么？他们参加高中毕业舞会了吗？谁对他们的影响最深？他们的生活是他们心中期望的样子吗？

他们的价值观和政治立场？

你小说人物的思想意识和政治立场也许很少在小说中直接体现出来，但是，通过小说背景稍加反映可以使人物的性格特点更加清晰。你可以提如下问题：如果一个无家可归的人向我的小说人物伸手要钱，他会怎么做？他们上一次去教堂是什么时候？他们对暴力电影感觉如何？

第四章　适度规划：提前构思小说人物和情节发展

构思情节

构思小说情节可是大事。如果有一件事让大多数人栽在小说创作上，那就是情节这个神秘东西的缺失。

虽然听起来很难，但它其实只不过是小说人物在整个小说中的发展过程。也就是说，只要你有了小说人物，情节就会顺其自然地发生。当然，有的情节含蓄微妙，有的情节引人入胜，皆取决于你。

有的作家擅长此道，他们的情节安排总是出乎意料，让人回味无穷。如果你也能这样，那实在是幸运。有了小说的大致轮廓，就意味着你一个月的小说写作几近于完成了一半。

如果有了情节，我建议你在动笔之前，再尽量多花时间仔细推敲这样的情节发展是否是你想要的。把情节从头到尾理一遍，就像给一位特别耐心的书稿代理人或出版商讲解自己的小说。一定要把高潮和精彩部分讲清楚，每次讲解时尽量有所增加。通过一次次的思考和梳理，相信你肯定会有新的收获。

对于多数人，到目前为止，我们的人物命运如何发展还是雾里看花。我要说的是：不必害怕。没有情节肯定不是问题。写作过程本身就是安排情节发展的过程，在写作中顺其自然地让情节自由发展也是一个选择。这也许听起来不太靠谱，但是我们的想象力会帮助我们安排好人物和场景，让情节水到渠成，我们要相信自己的能力。我们只需要专注于塑造生动、有趣的人物，情节会随着人物的行为、动作而自然发展。我第一次写小说的时候就是这种情况。小说人物在特定的场景下会要求有特定的行为，他们会主导情节的发展走向。看到人物自主接管故事情节的发展，感觉很奇妙。

当然，你也可以利用"第一大宪章"，帮助小说作出情节安排。在那个列表中，和情节安排有关的哪些要素让你这个作家最为激动？

把那些自己喜欢的要素用到情节安排中，让你的小说写作成为一种享受。

如果你已经构思好了小说人物，就可以围绕人物展开情节了。想想人物在生活中会发生哪些戏剧性的变化、转折或令人恐惧的事件，这样你就有了小说情节。

有些比较常用的小说情节安排套路，可供参考：你的小说人物是否会被炒鱿鱼？婚姻或者恋情是否告吹？是否有人疾病缠身？是否有人死亡？是否会有意外横财？是否有人因遭受冤枉而展开报复？是否有人发现宝物或非同寻常的东西？你的人物是否要开始一场不可能完成的探险和旅程？是否有人勉强改变自己？你的人物是否爱上一个不该爱的人或者根本不合适的人？是否认错了人？

这些情节听起来都很熟悉吧？那是因为我们看过的很多电影和小说中都是类似的情节。

有些人可能会抱怨这些情节太老套、太单调，可是我觉得这些情节被反复搬用恰恰证明了它们的价值。对一个好故事来说，这必不可少。不管听过多少次关于一个穷小子最后战胜强大对手的故事，我们仍然觉得这个故事很棒。那些浪漫喜剧不也一样吗？就算好多故事的结局都一样，也不影响我们对整个故事的欣赏。只要故事合理，人物能够激起我们的爱与恨，细节安排真实可信，就足够了。

这也就是说，你在构思小说情节的时候不要有太大的压力，你不一定非要在七天之内想到激动人心或别出心裁的情节。好的情节不一定是原创的，它可以是已有情节的创意改编，就算是现代著名的经典也有可能和最烂的肥皂剧或者卡通片情节类似，甚至重合。而这些经典之所以引人深思并不在于情节与电视剧情有什么大的不同，而在于它讲述的方式不同，而这种讲述方式才是你在一个月的写作中要攻克的难关。

第四章　适度规划：提前构思小说人物和情节发展

就算你的故事情节很平庸，也不意味着你最后写出的小说会很平庸。因为在写作的过程中，情节会有出乎意料的发展，而这是不受你控制的。就算你一开始打算重新改写《侏罗纪公园》，但最后写出的小说也许是关于一个葡萄牙理发师的历史情景喜剧。写作就是这么难以预料。你以为自己完全掌握了情节发展的动向，但其实它根本不受你掌控。当然，我也不是说原创的小说情节不好，如果你能构想出独一无二的情节，当然让人佩服，在重新改写自己的小说稿时，你也应该好好想想怎么安排情节才能让它具有原创性。但是现在，你不需要想那么多，不管情节是否老套，只要吸引你的情节就可以写。在写作的过程中，你不要过于担心原创性的问题。随着写作的进行，那些曲折的情节和吸引人的小说人物会自然而然地发展。最后，你的小说也会有自己的特色。

设定背景

让人开心的是，大多数小说情节的构思已经决定了小说的场景。例如：关于残暴的僵尸袭击费西合唱团演唱会的小说，其背景肯定会设定在一个中等规模的城镇里，因为如果城镇的规模太小，就没有足够大的公墓提供那么多僵尸；而如果规模太大，那么武装部队可能会阻止僵尸的进攻。如果你的小说写的是两个在网上认识的人之间的爱情，两个人又都对陌生环境感到恐惧，那大部分场景肯定设在室内，偶尔会在厨房或者小镇的网吧。

以我的经验来看，设定小说背景的关键在于模仿现实场景，你的小说背景越是与实际场景相符合，你会觉得越顺手。如果你的小说背景设定在公墓、圆形露天剧场或者偏僻的饭馆，而这些场景的描述与现实生活相差无几，你就可以长舒一口气，展示一下对于写作真正重要的方面——吃自己存着的巧克力、向别人炫耀写作进度，或者让你的亲人、朋友给你揉揉因为写作而劳累的手腕。

如果可行的话，你可以把自己的小说背景设定在你现在所处的环境中。如果不可行，你也可以把小说背景设定在自己一直想去却没有去的地方。这样你的写作过程会变得很愉快，就像旅行一样，而且不必因为飞机延误遭罪。如果你想给自己的小说设定一个奇幻的世界，让你的人物在其中嬉戏游乐，那写作之前一定要为这个小说世界绘好地图。如果没有基本的地图框架，在后面的写作中会遇到很多麻烦。

不管什么时候，设定小说背景都不需要过于担心细节是否足够真实。就像戏剧场景中用三两棵盆栽代表整座森林一样，小说的背景也不需要面面俱到、与现实场景完全相同，毕竟这是小说的初稿，读者的想象力会弥补你对背景描写的不足。到了修改小说书稿的时候，你要注意这些背景描写的不足，关注小说中对公园、酒吧和商店的描写是否生动、逼真。因为一个月的写作时间有限，所以你在小说初稿写作中不可能太注重那些细节，只要掌握小说的大概走向就够了，也只有这样你才可能在截止日期之前完稿。

你小说的时间背景设置也会深刻影响整个小说的情节安排。如果你的小说设定在过去或者未来，那么你面对的挑战也会多一些。这就意味着你不能借鉴当下的文化、建筑和技术，而要靠调查考证和发挥想象力。

如果你确定要把小说设定在过去或者未来，那你也不需要在写小说初稿的时候就对那些关于背景的细节都了如指掌。19世纪的小说人物不一定能够穿着舒适得体的羊毛及膝短袜，23世纪的小说人物也不一定能够运用合适的量子物理能量推动航天器，这些细节都不是写作小说初稿时应该关注的内容。初稿写作最重要的是理顺基本的小说框架。

第四章　适度规划：提前构思小说人物和情节发展

在最奇怪的地方寻找写作灵感

对于全国小说写作月活动的参加者来说，不管是美甲店还是无形的网络世界，都能带给他们写作灵感。

"我的小说灵感来自我去的那家美甲店。我告诉美甲店老板安和我的美甲师特蕾，受她们的启发，我想写一本以她们为主人公的小说，题目叫《美甲》。她们兴奋得大叫起来。在我的小说中，特蕾的脚踝特别细，安瘦了40磅，而且还赢得了那个她一直喜欢的联合快递公司快递员的欢心。这些都是她们在现实生活中梦寐以求的，在我的小说中，她们梦想成真了。"

——金柏莉·曼克莱斯，37岁，三届全国小说写作月活动获胜者，来自加利福尼亚州的雷德兰兹市。

"我觉得大学物理课本的术语表能够启发我给小说人物取名字。我有时也会记下垃圾邮件的名称，在写下一本小说的时候也许会用到，例如：布拉德福德·马提尼、埃尔登·尼欧和艾莉，这些名字都可以用在小说里。"

——卡瑞·普拉登，28岁，三届全国小说写作月活动获胜者，来自加利福尼亚州的奥克兰市。

"因为我的一个小说人物养了一只狗，所以我觉得观察那些遛狗的人对我的写作很有帮助。不过我很担心社区的邻居会不会觉得我老是跟踪他们而故意躲开我？"

——瑞恩·斯穆尔，38岁，五届全国小说写作月活动获胜者，来自布鲁克林。

"有一年，我打算写一个关于一对多角恋情侣的故事。我找到一个专门为喜欢多角恋的情侣配对的网站，想了解一下他们的真实生活。不过问题是我要注册才能看到那些情侣们的资料，所以我就假装是一个双性恋，在网站上寻找家住旧金山、温柔的、比较老练的一对情侣玩多角恋，不过很可惜，最后也没有人联系我。"

——丹尼尔，35岁，五届全国小说写作月活动获胜者，来自旧金山。

关于叙述视角的常见问题

尽管这是本章最后要讨论的问题，但是，叙述视角却是作家写作时要决定的、如何把书展现给读者的第一个问题。你在构思小说人物的时候，同时也要思考从什么视角去展现这些人物的性格特点。通常的选择有两个：第一人称视角和第三人称视角。

大多数人肯定还记得小学、初中上语文课时，老师会讲第一人称和第三人称的区别。如果你实在太笨，搞不懂它们之间的区别，可以用电影做例子来理解：以第一人称为视角的电影只有一部摄影机，那就是主人公的眼睛，以主人公所看到的一切来叙述故事。而以第三人称为视角的电影有很多部摄影机，可以从不同角度叙述故事：可以从飞在城市上空的飞船鸟瞰这个世界，也可以从脚下的蚂蚁眼中看这个世界。

第一次写小说的人用第一人称叙述会比较舒服，因为我们平时在谈话、写邮件、发信、写日记的时候都是用第一人称。用第一人称还有一个好处就是写作速度会比较快，因为你可以花大量的时间探索小说人物那无穷无尽的内心世界。

如果你用"我"的视角开始写作，那么你的小说就只能从一个小说人物的视角去叙述。也就是说，如果你的主人公要离开晚宴回家，即使你意犹未尽，也必须和他一起离场。如果你的主人公要小

第四章 适度规划：提前构思小说人物和情节发展

憩一会儿，那么你的叙述也应该停止，这样，主人公不在场的情景都会被错过。

如果你选择第三人称叙述，你就拥有了全知全能的视角。即使小说主人公不在场，你也可以叙述这个场景中发生的故事。使用"他"或者"她"作为叙述人称，你的叙述视角可以不断转变。

第三人称叙述视角可以让你对小说场景中所有人物的语言、行为和思想活动有一个全面把握，让你对小说世界中的每一个角落都了如指掌，读者也可以获得更多信息。

听起来第三人称叙述视角似乎很好，但是别忘了，随着叙述视角的扩大，你的写作责任也会加重。如果你可以用全知全能的视角去叙述故事，你就要区分哪些对小说发展重要，哪些是可以忽略的部分，因为一本小说不可能涵盖所有人物的言行举止。而且你也要注意每个小说人物的"出场率"，不能因为对某个人物的好恶而导致故事情节发展失去平衡。当然，如果你使用第一人称叙述视角就不需要担心这些问题，不过那样就意味着你能展示的东西也有限。

总之，第一人称和第三人称视角都很好，你需要考虑的是你的小说比较适合哪种视角。你不需要自始至终都用一个叙述角度：第一人称和第三人称视角可以交替使用，不同的小说人物可以用不同的视角展示他们的故事。有时候，当书中的故事遇到难点时，把故事叙述切换给一个不同的人物，即可让故事顺利发展，让作者放下负担。

你也许会问：不是还有第二人称视角吗？是的，确实有。大家的评价通常是："作者用第二人称写作很怪，一点都不自然，让你想起四年级时读过的那些观众选角扮演的小说。"

所以，你在小说写作月中写的小说不允许用第二人称视角。以讽刺的手法使用也不行。抱歉。这是规定。

第二部分

循序渐进完成目标：每周小说写作指导

为了让每周写作指导更加有效，我建议写作者在每周开始的时候阅读本部分四章中对应的那一章。不要提前阅读！如果你在第一周的写作中看了第二周的写作指南，那么，你的这一行为将会导致异常严重的后果：宇宙的平衡会被破坏，这个星球上每个人的生命会受到不必要的威胁。所以，一定要做一个有责任心（且具有极度创造力）的地球公民。每周每次只看相对应的一章！

No Plot?
No Problem!

A Low-Stress, High-Velocity Guide to
Writing a Novel in 30 Days

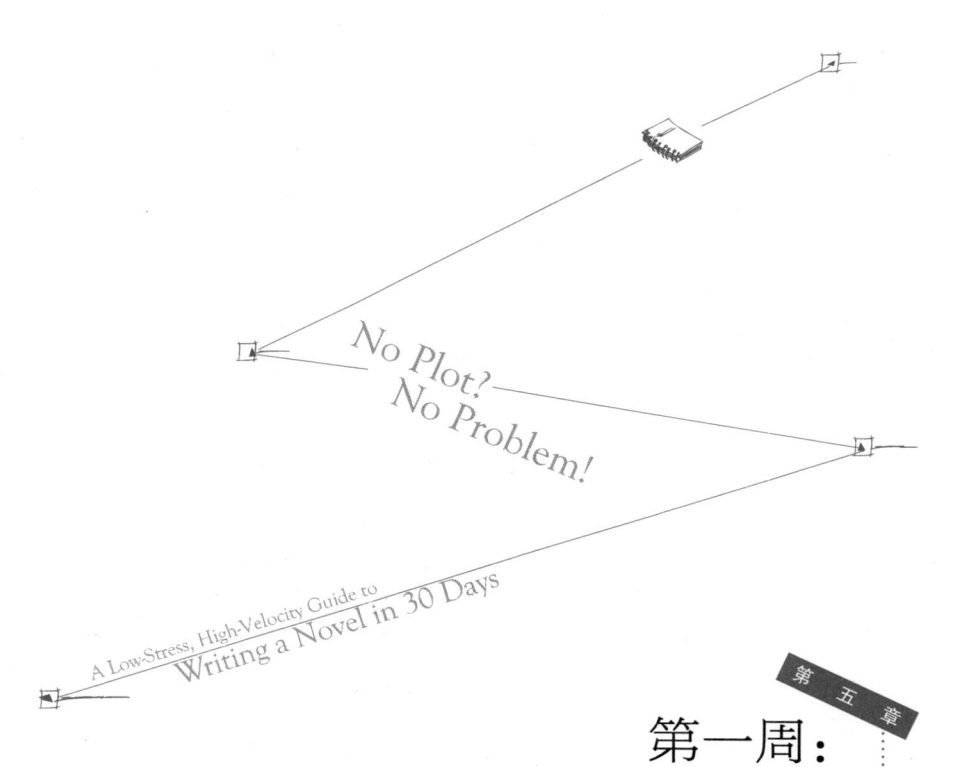

第 五 章

第一周：
吹响号角，写作之旅顺水行舟

亲爱的作者们：

写作正式开始，这是第一天。我们站在一起，立于悬崖之上，俯瞰那广阔无垠、神秘莫测的小说世界。风景独美。

你敬仰的每一位作家最初开始的时候都是如此：放眼眺望遥远的天际，既满怀憧憬，亦心存恐慌。你蓄势待发，沉静自若。阳光灿烂，鸟儿鸣唱，空气中弥漫着毋庸置疑的胜利的味道。

当然，从小说瞭望平台主停车场附近的快餐店飘过来的还有热狗的香味，说不定还有买二送一活动，如果你还没有为小说写作之旅备足食物，建议你考虑一下。

在通往胜利的路上还能吃上热狗，生活还能更美好吗？

也许会吧。

因为再有几分钟，你就要开启伟大的写作之旅了。也许这件事听起来难以置信，在一个月里你会写出一本书，这本书有你现在手中拿着的热狗那么大啊。在通向小说写作目标的路上，你要跋山涉水、克服数不清的困难和诱惑，你要放弃看电视、电影、网聊，为的是排除干扰，不知疲倦地把更多的时间用于解决小说人物、情节和背景等难题上。

在这一切的尽头，你会站在远方雄伟的高山之巅，将小说稿紧紧揽在你那被电脑屏幕照亮的胸前，举起酸麻肿痛的双手，宣告一场伟大文学战役的胜利。

你从这一个月的小说王国之旅中获得的经验教训会让你受益终生。四个星期的写作会提升你对自己创新能力的信心，更加勇气十足地迎接挑战。你的阅读和写作能力都会有质的不同，你看待世界的角度也会发生变化，你将用小说家的眼睛打量这个世界，充满好奇和渴望。

但是，在你开始勇敢豪迈的使命之前，我要没收你的一样东西。

我要没收你的自我检查机制。

不错，就是你对自己的苛求与挑剔。自从进入青春期，我们就开始进行这种自我怀疑和自我批评，这也许是成长的代价吧。这种自我检查机制如同一个好管闲事的完美主义者一样，总是喜欢盯着我们的缺点不放，喋喋不休地提醒我们所犯过的错误，让我们充满挫败感。

不知道为什么，我们总是不自觉地将这种自我检查机制引入所有的文学、艺术创作中，不管绘画、作曲还是写作，我们的努力总是在这种自我检查的摧残之下落荒而逃。正由于此，我们的文学艺术创作总是无疾而终，只要有一丝不完美就被果断放弃。

这种对完美的苛求让创作的乐趣变成了恼人乏味的劳作。一旦任由自我检查机制君临天下，但凡我们尚不能娴熟掌握的业余爱好就变成了一种煎熬，就好像你骑自行车爬坡还得在后面拖一辆装着犀牛的货车一样。

在这一个月的写作中，我们要把这头犀牛甩掉。

在这一个月里，你要把这种自我检查机制留给我！我们在写作时一定要轻装上阵，把这种自我检查抛在脑后，让它们暂且彼此质疑，或者兴致盎然地挑剔报纸上的印刷错误，抱怨白天电视剧里那些漏洞百出的情节吧。

写小说时一定要非常、非常幸福。

惜时如金：寻找最佳写作时段，做到效率最大化

在接下来一个月的写作中，你学到的最大经验之一就是：不管多累、心情多差，只要坐下来写作，总有可能写出灵感四溢的文字。

也就是说，每个人都有一天中头脑清晰、效率高的时

段。找到自己的这一时间段,尽量在这个时段写作,提高效率。这个最佳时段因人而异:上午9点到晚上1点是我效率比较高的时段。9点喝点咖啡可以精神一整天,到了下午1点,我就只想缩到桌子下,赶快休息。如果你效率高的时段是上午,而你又要上课或者上班,那可以安排在周末这个时段写作。同样,对于那些在凌晨3点开始写作效率高的夜猫子来说,也可以安排到周末凌晨写作。

如果你有一个特别重要的小说场景要写,尽量安排在自己的最佳时间段。

一个月后,等你完成了小说初稿,可以再召回这个魔兽。虽然它是小说初稿写作时不共戴天的仇敌,在修改过程中却是绝佳伴侣。因为到那个阶段,它将大展身手,有足够的事可做。对于纠正那些细节问题、剔除标点符号的错误以及在鸡蛋里挑骨头之类的做法,它最在行了。

所以,我的建议是:我要从你手上把沉甸甸的、焦虑不安的自我检查机制拿走四个星期。不收取费用,免费保管。作为交换条件,答应我:你要极速高效、自由自在、毫无顾忌地写你的小说,以这种方式彻底镇住它。

你所需要的只是轻轻触动"拿走我的自我检查"按钮,一小队看不见的删掉自我检查机制专家就会从本书书脊中走出来,将其回收储存至安全地带。

既然你的自我检查机制将会在你触动按钮的几秒钟内被收回,在你没有想好之前不要碰按钮。如何你还需要想想的话,那就再考虑一下吧。一旦你的自我检查机制被我们回收储存起来,我们还要交代你最后几件事,助你踏上写作之旅。

第五章　第一周：吹响号角，写作之旅顺水行舟

放弃自我检查机制

好了，把自我检查机制抛在脑后，让我们整装待发。在正式开始写作之前，我只叮嘱三点：

第一，务必认真对待这次写作。

既然签署过一个月小说写作协议与共识申明，你就要严格执行。制定每天的写作目标，保证完成任务。也许有时候你很累，想要关掉电脑去睡觉，但是，如果真的可以那么随心所欲，那你肯定整天都在电视机前打盹了。不要理会心里怎么想。要挺住。只要没有完成一天的字数，就不要停止写作。只有这样，才能在截止日期前完成目标。

第二，不要太认真对待这次写作。

一个月完成一本小说，听起来就不着边际，只有你我这样的傻瓜才会这么天真地参加这种活动。不过正因为我们自诩为傻瓜，我们才会爆发出惊人的能量进行写作。挣脱写一部四平八稳的小说的那些条条框框，我们可以无拘无束，尽享自由，追随我们澎湃的想象力，挥汗如雨，纵情狂奔。

在这个月里，你将以近乎疯狂的力量和效率写作。顺其自然吧。疯狂地、快乐地、大刀阔斧地写下去。最后一页是不是你写过的最差的文字？也许是吧。那又怎么样？没关系。这一个月中你写的所有文字都是好文字。紧跟目标，随心所欲。放松心情。尽情犯错。肆意自嘲。你现在做的事古怪而奇妙，不必担心这会影响你以后的正常生活。

第三，告诉自己这一切你早就经历过。

写小说其实就是讲故事。如果说有一件事情是人类特别擅长的，那肯定就是讲故事。我们平时聊天、写信、发八卦邮件不都是在讲

述吗？我们知道如何吸引听众，缓慢推进，制造悬念。把平时的生活经历连缀成篇，流畅地讲出来，这种能力与生俱来。

在一个月的写作中，你会发现自己在这方面有巨大的能量和潜力，只是一直都没有察觉到而已。当然，写作中肯定会有难题出现，但是因为你天生拥有写作的能力和技巧，它们会帮你渡过难关。其实我们每个人一生都在写小说，这一个月只是让你把它用文字记录下来而已。

好了，现在我们再做一下最后的检查。如果准备就绪，就正式开始吧！

开启写作之旅之前，你备好这些东西了吗？

- 神奇的写作标志
- 写作参考书
- 写作背景音乐
- 零食、饮料和其他补给品

如果你准备好了，就可以正式开始写作之旅了。深呼吸一下，掉头朝向写作用的那台文字处理器，把它打开。

天地间有一部小说，等你很久了。你马上就要开始写自己的小说了，我相信这一直都是你的梦想吧！

写作第一周：全国小说写作月活动获胜者感言

"写作第一周最好的地方在于一切都充满了新鲜感和希望，好像一个漫无边际的神秘世界就在前方，等着我去探索和创造。但是不好的地方就是有太多的方向，我不知道如何选择'正确的'道路才能顺利通往写作王国。"

——西布莉·梅，37岁，三届全国小说写作月活动获胜者，来自洛杉矶

第五章　第一周：吹响号角，写作之旅顺水行舟

"对我来说，写作第一周最好的地方在于我终于能够开始写作了。几周的准备终于可以派上用场，我感觉自己精力充沛、蓄势待发。最不好的是压力特别大，我害怕自己在前一周构思好的小说写不好，担心万一真正开始之后头脑一片空白。我怕看起来像个白痴，连一个完整的句子都写不成，好像我的整个生命都要依赖这个句子。"

——迈克尔·西罗伊斯，57岁，一届全国小说写作月活动获胜者，来自得克萨斯州的休斯敦市

"写作第一周是特别容易打盹的一周。起初，我还以为晚上早早睡觉能够让自己精力集中，提高写作效率。可是没想到效率没提高，睡眠质量倒是提高了。"

——布莱恩·巴尔迪，30岁，一届全国小说写作月活动获胜者，来自马萨诸塞州的艾摩斯特市

"写作第一周连同以后几周，就像人的生命过程一样。一开始写的1万字就好像你来到这个世界的前10年，很快就过去了。从1万字写到2万字的时候感觉像是青春期，充满了跌宕起伏和狂热躁动。2万字到3万字的时候，你会充满疑惑和不解，不知道自己到底想写什么，也开始质疑自己。3万字到4万字的时候，你会有失落感，因为你突然认识到自己的成就得失，但是却没有回头的余地了，你只能这样继续下去。最后1万字写得春风荡漾，轻而易举，因为你看到了尽头，只是把所有的事情了结。然后，写作之旅宣告终结。"

——丹·斯特劳超塔，35岁，五届全国小说写作月活动获胜者，来自旧金山

写作第一周的问题

开始每一周的写作之前,我们都会讲到这一周将要遇到的问题。针对第一周,我们要注意小说的第一句话怎么写、第一次保存小说稿的注意事项,以及小说第一章结尾等问题。

"这是最好的时代,也是最坏的时代":写好开篇第一句

小说开篇第一句话,从很多方面来说,是整本小说最具代表性的缩影。这也是写作者为什么特别担心第一句话写不好的原因。

你的第一句话不一定非要反映小说人物的基调。第一句话不是神谕,它的好坏并不能预言你的一个月写作是否顺利,也不能决定你最后写出的小说的质量。小说的第一句话只是一个开头,它只是你突然想停止手头的事,开始写作的时候涌上心头的第一句话而已。

如果你可以这么理解,那么小说的第一句话对整部小说来说,就好比装饰家门的编钟一样,只是象征性的开始标志,并没有什么特别深刻的含义。所以,不需要想太多,直接开始写好了,顺其自然地写出小说的第一句话,没有必要那么纠结。

在我的小说中,我喜欢用随意、轻松的句子作为开篇。曾经参加过全国小说写作月活动的那些获胜者们的小说开篇第一句通常是:"好吧,我的小说是这样的……"或者,"妈的,该写小说了。""好吧,我想我的小说开头……"或者,最常见的就是"从前……"。

到了一定的时候,你尽可以重新修改你的开篇第一句,把它变成对读者充满诱惑力的、美丽动人的邀约。幸运的是,这至少是一个月之后的事情。就目前而言,你不必担心,只管想到什么就随手

写下来。

小说稿初次保存的命名问题

解决了小说开篇第一句话的问题，在写了几段话之后，你马上要面临的第二个难题就来了——当你第一次保存小说稿时，文字处理软件会要求你填写文件名称，这个时候你肯定会措手不及。

如果你已经想好了小说的名字，那就不需要担心这个问题。但是，如果你还没有想好，你肯定会着急又无奈，因为刚刚开始写小说，怎么取一个合适的名字呢？

我写作的时候总是为小说的名字发愁，很难想到一个比较贴切的名字，甚至有点关联性的名字都很难找到，所以我通常先将小说保存为"获奖巨著"、"拙著二号"，或者其他胡乱起的名字。然后，等我想好了题目（通常是在写作的第三周），我会在保存的时候修改小说名字，然后好好庆祝一下我的小说正式更名。

结束章节的合适时间

在写作的第一周，你还会遇到的一个问题是：什么时候结束小说的一个章节？

小说的有些部分比较容易切分章节，例如：小说人物去睡觉了，或者上了公交车。但是在写作初期，你对自己的小说走向还不了解，你的章节划分肯定会不均衡，有的章节写了 30 页，有的也许一页不到。

不过，这个问题在小说初稿写作时无须担心。随着写作的进行，你肯定会搞清楚小说的发展脉络，这样你自然就会分配章节了。目前而言，你怎么切分小说章节都行，篇幅长短均可，只要你觉得合适就好。

写作第一周的建议

在本书接下来的四章中,我们将针对每周写作可能遇到的难题,提出相应的意见和建议。针对写作第一周的建议就是:有效利用写作之初的热情,不要过于自责和追求完美,发掘写作创意,让小说保持神秘感,以此来延续写作动力。

有效利用写作之初的热情

写作的第一周是热情和创造力大爆发的一周。长久以来,你的想象力和创意都没有得到发挥和释放,你一直都旁观别人的创新和努力。现在让你大展身手的机会终于来了。

毋庸置疑,你的想象力肯定会特别活跃。那些关于小说人物和情节的构思在你的头脑中翻腾,你不可能把这些奇思妙想安排得井然有序,因为不同的想法彼此竞争,让你的思绪波涛汹涌。

这是伟大的、令人兴奋的时刻,你应该充分利用这种写作之初的热情。尽管这么多想法让你一时难以理清,但是,它们已经浮现在眼前了。它们急于加入你的小说。那么,就把它们写进去吧。它们肯定对情节的发展有或多或少的影响。如果你把它们用到小说中之后,发现它们并不合适,你可以随时剔除它们。

这就是小说写作的魅力:一群衣着华丽的人物,本来身处不同地方,彼此素不相识,但在小说的情节中相遇了,共同推动故事的发展。在写作之初,你也许还认识不到这是如何发生的,但是无须担心。在第一周,你作为作家的职责就是将这些人物都赶到原野上,扬鞭策马,奋力写作,紧紧追随他们的步伐。

在小说写作的第一周，有那么多的想法和热情，这是制定合适的字数目标的绝佳时机。如果你一天的字数目标为1 667字，而写完之后不感到筋疲力尽，那就以2 000字为每天的目标，逐步提高到每天3 000字。在写作的第一周，尽量完成1万字的字数目标。这样，在后面的写作中就会轻松一些。等到了第二周，你就会对此谢天谢地。因为在写作的第二周，情况会有所不同。

别删除，用斜体

虽然在写作第一周可以自由自在地写作，但是你也会马上意识到有些地方和小说基调不符，例如：你把人物带到了一个新地方，而他出现在那里并不合适；或者有一段对话，透露小说后面的内容太多，对话双方的语气又太急。

这时候，你肯定想删除这些内容，但是不要这么做。当你写下这些内容的时候，不管是用了一句话、一个段落还是整个章节，都不要删除。你在小说中写的所有字，不管多么不堪、多么不合时宜，它们都能够为你的5万字写作目标添砖加瓦。

你可以将这些想删除的内容转成斜体，把它们的字号调小、字体调细，让它们变得几乎看不到。等你完成小说初稿，重新修改的时候再去审查这些内容，看看它们到底有没有价值。

如果你觉得改成斜体之后还是很闹心，可以把这部分内容的字体颜色调为白色，这样你就可以无视它们的存在了（在统计字数的时候它们还存在）。在一个月的写作完成之后，你可以把所有的字体调黑，这样你就可以开始对小说稿的修改，看看那些内容是否要彻底删除。

做好小说写作备注

在写作过程中，你会想到一些笑话、情节发展和人物对话，这些也许以后会用在小说的某个地方。如果你时常把那个神奇的笔记本带在身上，主要用于探索现实世界中的精彩发现，那么，你应该在电脑上新建一个文档，命名为"小说写作备注"，在写小说的过程中一直打开这个备注文档。

不要混淆"贝丝"和"贝莎"：别把小说人物名字弄错

给小说人物起好名字之后，别忘了把名字写在纸上，放到手边。因为写作的时候我们经常会犯一些低级错误，也许会把"麦克"写成"米克"。所以，在写作的时候要注意这些细节问题，不要把小说人物名字弄错。

严守写作秘密

这是件难事。一方面，你肯定希望和周围的人分享你的小说，希望即时收到反馈意见，这样你才能放心地写下去。另一方面，你也希望周围的人能理解你现在干的事情，而且以你为荣。

不过，我的建议是：不要向他们泄露你小说的内容，等你的小说稿完成之后再告诉他们。如果你特别想和别人分享，你可以把写得比较好的段落大声地念给家人、朋友听，或者通过邮件把自己小说中的一部分和别人分享。但是，你要知道，和别人分享之后，你会不自觉地花很多时间对自己的小说进行修改和完善。

这么做其实很危险，因为你那沉睡的自我检查机制会被唤醒。你会在这种机制的掌控下不断地怀疑自己的小说、不断地修改。这种对完美的追求对小说初稿的写作极其不利。

在小说初稿的写作中，你并不需要这种帮助。

同时，如果你把自己的小说和别人分享，你肯定期待别人的赞美和肯定，而一旦别人没有那么做，你肯定会怀疑自己的小说质量，怀疑自己的写作方向是否正确。更糟糕的是：如果读到你小说的人以为你之所以和他们分享，是想要听到建设性的批评意见。这时候，自我质疑声此起彼伏，你是在用别人的检查机制替代了你的自我检查机制。

虽然在写作中你肯定特别想和人分享，但是一定要抵御这种诱惑，不要把写作中的稿子拿给别人看。等你的小说初稿完成，把那些打印错误修改之后，你想给谁看都可以，那时要虚心听取别人的意见，认真修改完善。

其实，照这种想法，你也应该克制和你自己分享未完成的小说。如果你在写作的过程中不断回看写过的部分，那就相当于你在马拉松长跑中不断地折回去跑，这样做费力不讨好。所以，最好是勇往直前地写下去，只在每天开始新的写作之前回头看一眼昨天写到哪里就行了。

当然，每年也有很多全国小说写作月活动的参加者毫不顾忌这一忠告，他们每天都会将写完的部分放到自己的个人网站上。对于这些毫不畏惧批评声音的参加者们来说，他们希望看到读者对他们小说后续发展的期待，而不怕那些批评和质疑的意见。不过，这么做风险很大。如果你不是对自己的小说充满了坚不可摧的信心，还是应该特别谨慎，不要在完成之前泄漏过多内容。

第一周练习

除了针对写作第一周的问题和建议，我还精选了两个练习，帮助你保持创造力的旺盛。

"和我说说你的叔叔"：通过聊天丰富人物形象

任何一个心理学家都会告诉你：真理总是从表象中得来。如果你在构思小说人物的性格特征和人生经历的时候感到困惑，那么可以从了解你周围的人开始。拿出你的笔记本，打电话给朋友，让他们讲讲远房亲戚的故事。

就算是那些特别无聊的日常琐事（"我有一个叔叔，他每天都穿着法兰绒衬衫，经常偷偷带着腊肠去动物园喂那些长臂猿，因为他觉得它们太瘦了。"）也可能激发你塑造某个小说人物的灵感。

你也可以和陌生人聊天，尤其是那些可能支持你写作的人，从他们的故事中得到写作的灵感。所以，你在商店买东西排队结账时，或者在咖啡馆遇到人时，都可以和他们聊天，记下他们的故事。你只要这么做，肯定能收获很多奇闻逸事，为你的小说写作提供素材。他们还会为遇到你这位未来的小说家而感到高兴，再去把你的事告诉他们的朋友们。

我是一个电视迷

这一周的第二个练习是看电视。随意挑选一个自己喜欢的电视剧。要保证这是一部虚构的电视剧，还要保证这不是那种让你喜欢到忘乎所以的电视剧。规则如下：选好之后，坐在电视机前，带着批判的眼光看电视，要不断地思考。

不管你选择的电视剧是什么，《辛普森一家》或者《黑道家族》等等，你要学习那些编剧如何在这么短的时间内讲述一个故事，他们如何解决你在写小说的过程中遇到的那些难题。大多数电视剧都有一个主要情节，再辅助一两个次要情节，有些电视剧还会让每一个主要人物主导一个独立的情节发展。

第五章 第一周：吹响号角，写作之旅顺水行舟

你看的那部电视剧总共编了多少情节？用了多长时间才引入了中心事件？它如何以及何时运用预兆让观众知道接下来要发生的事情？众多人物在故事的发展中如何起作用？结局是可预见的吗？如果你喜欢这个剧情故事，你能够偷师哪些写作技巧（比如节奏安排、叙述视角等）？

分析这些电视剧的剧情发展，可以让你清晰地知道怎么讲故事。如果你迫切想要了解更多的故事模式，也可以看看电影，观察一下电影中的情节是如何化解冲突的。很不好意思的是，我最近的一本小说就参照了动画片《小蚁雄兵》。

唉。

诺贝尔奖委员会肯定对我有点失望吧。不过，只要是有用的，拿来用就好了。看电视剧和电影确实对编故事有帮助，或多或少。

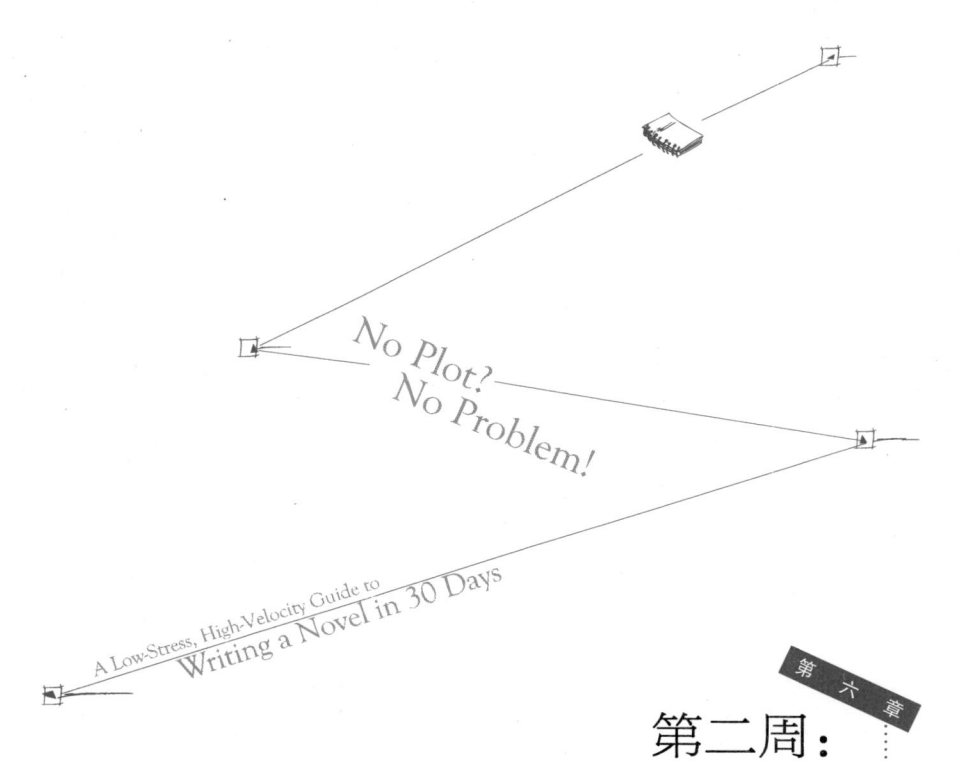

No Plot?
No Problem!

A Low-Stress, High-Velocity Guide to
Writing a Novel in 30 Days

第 六 章

第二周：
乌云密布，回归现实寻找情节

亲爱的写作者：

一个星期的写作过去了，我们正在向目标进发：我们的家已经乱作一团，朋友们也被惹火了，上司每次走过我们的办公室都向我们投来怀疑的目光。

在过去的第一周写作中，你肯定已经完成了不少写作任务，你目前写出的小说稿应该已经达到一个中短篇小说的长度了。你肯定感觉到自己的想象力和创造力还在躁动，急不可耐地期待新的写作任务。

这些都值得庆祝。但是，也不全是好消息。因为根据《30天写小说》写作之旅的气象学家预测：写作前线乌云密布，暴风雨即将来临。

欢迎来到写作的第二周。如果你带了雨衣，现在是拿出来用的时候了。

这场暴风雨会持续三到四天，这段时间你的写作热情开始降低，你的小说开始期待更大的动力。

第二周通常雷鸣电闪，风雨交加。你作为一个写作者的脾气也变得暴躁乖戾起来。

这第一阵雷声滚滚标志着你的写作进入了一个新阶段：小说人物已经登场，背景已经设置完毕，万事俱备，等着故事的进一步展开。小说写作到这个阶段，确实取得了一些成绩，有些写作者也许都准备到西班牙东部的马略卡岛去度假庆祝了。

但是，写作时间如此之紧，你连喘息的时间都没有，哪有时间去度假赶飞机呢。无论如何，下一个阶段依然重任在肩——情节设计。

是的。你现在已经完成了背景铺垫和人物描写，小说的情节必须展开。有人必须恋爱。有人或许会失忆。有人或者要上路旅行。

第六章　第二周：乌云密布，回归现实寻找情节

但是，该推动哪个人物行动？如何推动？

问题开始越来越多，都在困扰着你。你的第一反应肯定是想逃避，推掉写小说这件事，退回到从前自由自在的幸福生活，而不是让文学这个九头怪霸占你全部的业余时光。

等你完成了第二周的写作，你就会知道，这一周是最难熬的。因为你的小说需要进一步的突破和发展，有很多堆积了一年多的情节和人物方面的问题需要在这七天之内解决。

问题最终都会解决。咬牙坚持吧，在不经意之间第二周就过去了。太阳照常升起，大路依然笔直，写作还是一件有趣的事情。

而且，最有意思的第三周接踵而至！啊，不要让我现在就开始历数第三周的种种妙处。在第三周，你的文学创作已经结出了果实，胜利就在前方。看着这一个月里碌碌无为的家人和朋友，你会为自己取得的种种突破喜极而泣。想想他们在你努力写作的时候却在闲聊、泡澡或者睡觉中打发时间，真替他们摇头叹息啊！

当然，为了快点进入第三周为自己骄傲、又有资格怜惜别人的幸福时光，你要直面第二周的暴风骤雨。现在是你未雨绸缪，做好准备全力以赴的时刻了。

你的小说已经取得了这么大的进展，希望就在前方！

警惕：你也许会想推倒重来！

每一个写作者，在某个时刻，都会觉得自己的小说实在太差：人物单调乏味，情节了无新意，语言不够优美。对于一个月写小说的人来说，第二周最容易出现这种情绪，你会觉得自己苦思冥想的情节却让整本小说不堪入目。

在这种最黑暗的时刻，你要坚信自己的小说一定有可取之处。不要放弃已经完成的部分推倒重来，最好的办法

是集中在小说的优点上——你喜欢的某个人物，或者某一段情节——从这里入手，让故事继续推进。

第二周的问题

还没有情节？没关系！

如果你已经对自己的小说情节推进心中有数，那么第二周的写作就是顺水推舟，将计划付诸实施。人物和情节都准备就绪，你需要做的就是展开叙述，推动小说写作全速前进。

如果你不知道你的人物在干什么，那么第二周你肯定会特别焦虑。

呵呵，只是开个玩笑。

即使你只有一个模模糊糊、摇摆不定、漏洞百出的情节，那也没关系。这是很多一个月写小说参加者的普遍情况。我保证，如果你完成了这七天的字数要求，到第二周的最后，你会对自己小说的情节发展有一个清晰的想法。

之前也说过，情节其实就是人物在小说中的发展变化过程。如果你的小说情节还没有想清楚，最好的办法是让你的人物推动情节的发展。在这七天里，让你的人物把在第一周里有所隐藏的部分全面展示出来。鼓励他们大胆行动，满足他们的欲望，不管那些欲望多么疯狂、多么具有毁灭性，让他们做出改变，情节自然就会出现。

更换小说主人公

如果你迟迟没有想好小说情节的发展，其中一个原因可能是你对主要人物失去了信心和兴趣。你也许注意到,尽管你想以某一个人物为主人公,但却总在不经意之间把自己的注意力转移到别的人物上——好朋友、同事甚至是家里的宠物蜥蜴等等——这也许表明,最好重新选定小说的主人公。

在一个月的写作中,随着写作的进行,将原定的小说主人公更换为另一个的情况很常见。但是,在做出任何重大改变之前,先坐下来认真想一想,因为随着小说主人公的更换,小说情节和冲突也会随之改变。如果你有了更好的想法,可以推动小说情节精彩继续,或者能够让本来黯然无色的小说熠熠生辉,那么更换主人公也未尝不可。

切忌自我检查和自我质疑

"在写作中,鼓励自己的最好办法就是自我欺骗。我写到第七章的时候觉得和之前的内容有冲突,这时候我就告诉自己,我在第三章的时候已经做过修改了,现在写的内容恰好是我想要的,没必要担心。其实我根本没做过修改。"

——罗素·克雷默,51岁,三届全国小说写作月活动获胜者,来自洛杉矶

"把你写好的部分想象成一个挥舞着斧头、要消灭你的创造力的疯子。尽快逃离写好的部分。别担心写得多糟糕。写小说本身就是个大冒险。一回头看前面写过的部分,你就永远不可能完成写作。"

——泰勒,34岁,两届全国小说写作月活动获胜者,来自伦敦

"我小说的一部分内容是通过邮件方式写的。我只是打开 Outlook 或雅虎邮箱，把收件人设为自己，然后开始写作。当我写邮件的时候，我的自我检查机制会松懈下来（至少比较松懈）。我也就放松了。"

——埃德·张，三届全国小说写作月活动获胜者，来自华盛顿

落后与进入贵宾休息室

说实话，你在写作过程中肯定有那么几天写不出东西，你的大脑好像停止运转了一样。这时候，你只能从盘子里拿点东西塞到嘴里，提提精神，以防自己趴在桌子上睡着。

在第二周这种情况比较多，为了避免受太大的影响，你现在应该偶尔暂停一下写作，彻底休息一个晚上。即使你在写作字数上落后，也可以腾出一个晚上的时间重整旗鼓，从长远来看这对你提高写作效率大有益处。

不过，不管你决定哪一天暂停写作，在后面的几天中一定要把延误的字数补上来。之前我们已经估算过，每天的字数目标是 1 667 字。如果歇上个三四天，你就不是在即兴创作文学作品，而是在做拼命弥补字数亏空的自我竞赛了。

另一方面，只要保持写作速度，你就获得了进入《30 天写小说》作家贵宾室的资格。这里是最好的作家藏身之地，咖啡免费，人们友好且才华横溢，椅子可以折叠伸缩，还配有贵重的扶手。

对于你在第二周要遇到的疾风骤雨，贵宾休息室是理想的避风港。想尽办法让自己进入这个豪华场所吧，只要能够帮你完成第二周的写作目标，什么办法都可以尝试。不过一定记住：保持清醒是这一周的最高目标。如果你真的没有办法完成这一周的写作任务，

拖欠一下字数也未尝不可。只要你奋起直追，总能在下一周步入贵宾休息室。

字数统计强迫症

心理学家把那些难以控制、不由自主地重复某些小动作和行为的症状称为强迫症。那些从来没有受到强迫症困扰的写作者，在这一个月的写作中也许会对此有所感受。因为大多数电脑上有"字数统计"栏，你在写作过程中总是想不停地查看自己的字数，每写一段都想查看一次，这似乎是难以抵挡的诱惑。就像你在开车时不停地看里程表一样，本来一千英里的路程已经够远了，你不停地查看里程表，只会让这个路程显得更加漫长。为了不受这种困扰，你要规定自己每次写作的时间，而不是每次写作的字数。这样，到了时间再查看字数统计，就好像是对你完成一次写作任务得到的奖赏一样。

第二周的建议

"不管好不好，把它写下来"：第二周的决定

朱莉·史密斯是埃德加神秘小说奖获得者，在被问及写小说初稿时得到的最重要的指导意见时，她引用了在报社工作时一位资深编辑曾经告诉她的话："不管好不好，把它写下来。"

这条建议在第二周的写作中尤为受用。你在决定小说人物如何推动情节发展时要谨记于心。

确定小说的情节走向确实是一件难事。要让某个小说人物死掉吗？还是安排一场火灾把房屋夷为平地？还是把一个人物抛向太空，安排他穿越星际间的虫洞？

在决定小说下一步如何发展时，你要记住：不管接下来的情节如何，目标只有一个：完成你的小说初稿。你现在不是要做到尽善尽美，而是在探索想象力的极限。每天写作一部分。不要担心这一周写得好不好，在以后修改时才需要这样担心。这一周，你的任务只是把它写下来。

在情绪低落时，增加写作字数的小技巧

在你的写作之旅中总会有一些时候，你想爬到最近的巨石下，缩成一团，但求一死。这些阶段当然都会过去，但是，最绝望的时候往往需要最非常的措施。下面是一些有经验的参加者使用的一些在那些黑暗的时刻增加字数的技巧，既帮助增加了小说的厚度，也温暖了他们的心灵。

以下就是这些经验之谈，可供选择使用：

说话口吃：安排一个口吃的小说人物，它能使人物对话的篇幅翻倍，而且还会让其他相关人物花好几页的篇幅去探讨这些欲言又止的话到底有什么深刻含义。

暂时耳聋：制造一些小说场景，不管是参加吵闹的摇滚音乐会，还是因为耳屎阻碍了听力，都可以让你的小说人物暂时耳聋。这样不管对他（她）说什么话都要不断地重复、重复再重复。

做梦系列：做梦的时候可以随心所欲，自言自语，想说什么就说什么。让人物做梦（还可以加入它的表亲：幻想）可以让你想写多长就写多长，还不必计较它的意思。

插入引语：如果你的小说人物能够读书，可以插入引语。给你的小说主人公一本《贝奥武夫》，给他设定一个恼人的习惯：喜欢在遥远的上班途中坐在车上大声朗读史诗，这样你就可以轻松地增加很多字。当然，你也可以让他唱歌、读报纸，或者读别的小说。这些都可以增加你的小说字数。

取长名字：假设你的小说主人公名字是"简"，那就意味着这个名字在字数统计时只有一个字。而如果用查找并替换功能键，把"简"替换为"简玛丽"，你就会发现小说字数增加了一些。这一做法在增加奇幻小说的字数时尤为有效，因为奇幻小说中总是出现很多少见的地点和很难记的人名，这个时候你大可以使用较长的名字。

减少破折号：文字处理软件在统计字数的时候会将破折号连接的所有字统计为一个字符，这就意味着不管你写多少个字，只要用破折号连接，它们就相当于一个字，所以你在写小说的时候要避免过多地使用破折号，这样也可以增加你的小说字数。

心有余而力不足：预防疾病干扰写作进度

感冒病毒、流感病毒和其他微生物病毒就好像是病菌界失败的作家们一样。他们有好的故事可讲，但是他们缺乏创作动力、技巧训练和打字设备把那些故事写在纸上。就像大多数被侵袭了的有创造力的物种一样，自己写不出作品还嫉妒别人，对那些敢于抓住梦想的少数勇敢的写作者死缠烂打，直到终止他们的写作梦想。

因此，从现在起，你要提高警惕，非常非常小心地保护健康。尤其是在写作的过程中你可能一晚上只睡四个小时，还总是吃快餐充饥，这样很容易生病。

每次走过水龙头的时候都要记住用香皂洗手，多吃水果和蔬菜，喝咖啡和威士忌的时候要放点维生素 C。如果在饭馆和机舱这样的公共场所内有人咳嗽，你要快点躲开。你的身体会感谢你，你的小说也会感谢你。

没时间写作时也要心系小说

在没有时间和精力写作一个完整部分的时候，你可以通过我称之为"随时登录"的办法减少字数亏空。这是快速小说写作，就是在不想写或没有时间写的时候也要打开小说稿快速浏览 20 分钟左右，在这里加一笔，在那里修改润色一下，写上 500 来个字，再停笔睡觉。

500 字听起来也许是微不足道的，但你今天多完成一个字就意味着明天可以少写一个字。不过，"随时登录"的最重要目的并不只是增加这 500 字，而是让你的小说创作有连续性。这样，你的想象力就会持续不断地关注故事，一直到下次写作大爆发。

利用邮箱备份你的小说稿

不幸的是，我们的电脑总是会出各种各样的问题。有些倒霉透顶的作家因为没有把自己的小说稿备份，所以在电脑崩溃时，自己最好的作品就那么消失了。因此，你一定要把自己的小说稿及时备份，最好的办法就是把小说稿作为附件上传到自己的邮箱。你可以先不打开这个邮件，等到下次上传的时候再打开。希望你永远也不需要打开这个小说稿附件，不过只要做好了备份，即使电脑出现问题也不必担心。

第六章 第二周：乌云密布，回归现实寻找情节

第二周练习

如何让家人和朋友帮你设计小说情节

在商学院的教学中，教师通常使用生动的商业案例来教同学如何实施正确的管理。通常是公司管理者和员工之间的冲突威胁到整个公司的利益这一类虚张声势的故事。这些商业案例首先会引导学生全面了解当事人，分析形势到了哪一步需要做出关乎整个公司命运的战略决策。接着，那些 MBA 学员必须讨论，如果他们是公司的 CEO 或者中层经理，应该怎么做。

这种教学方法把举止温和的研究生变成了粗暴无礼、贪得无厌的企业家。同样的方法稍加改变，也可以帮你获得写小说的新思路。在写作第二周，试试把你的小说作为一个案例，让你的家人和朋友去讨论。

方法如下：请几个和你喜欢读同一类书的朋友和你见面（假装自己是一个上班族，把完成一部分的小说稿放到公文包里），一个小时即可。等所有的人就座之后，发给他们一些草稿纸和笔，然后解释一下基本规则：你会给他们一些人物、一个场景和一个十分模糊的故事走向，他们要告诉你故事情节该如何往下发展。

首先，要给他们详细说明你的每一个小说人物——他们在哪里工作，他们爱的人是谁，他们有什么糗事等等。鼓励他们随时记下疑问和想法，但是，一定要强调：这是一次关于创意构思的头脑风暴，只是讨论，而不是测验；故事走向无所谓对错。

等你把小说人物一一介绍清楚，把他们之间的关系也讲明白之

后，让他们讨论就好了。你可以默不作声，一边听他们讨论、争辩，相互推翻对方的观点，一边记下他们的每一个想法。即使你已经想好小说情节应该如何发展，听完他们的讨论，你也会对人物动机、情节安排和其他活动有新的见解，这可能会让你的小说更加有趣。

如果他们问你对故事发展的想法，你一定要严守秘密。我们在第五章说过这个问题，提前披露你的小说情节是一件冒险的事情，可能会导致你失去很多写作的乐趣，尤其当你告诉的那些人反应不够热烈——或者认为你写得很差劲时，你肯定感到失落。所以，手忙脚乱地记下他们的意见和想法吧，并且告诉他们待到小说问世后，一切自会揭晓。

激发灵感：情节发展突现转机

三届全国小说写作月活动的获胜者谢丽丹讲述她的写作经历时说："我不会坐等缪斯女神自己降临，我都是出去拽着她的头发拉她回家。"

一个月的写作时间如此短暂，为了加快小说写作进度，出此下策也可以理解。有时候，也许你在干别的事情，却突发写作灵感，小说的情节就会突现转机。我称此类时刻为"情节转机"，不过很多情况下，这些转机不是出现在你写作的时候。

对我来说，在洗热水澡、在舞蹈俱乐部跳舞或者骑自行车的时候比较容易突发写作灵感。不知道什么原因，在干一些常规、单调的事情时，比较容易迸发创作灵感。在出去骑上五英里的车后，我总能带着珍贵的写作素材回家。这也是为什么每次去跳舞的时候我总是带着笔和本的原因。

还有的写作者觉得在和别人吹牛闲聊、遛狗、在床上乱蹦乱跳或者睡觉之前迷迷糊糊的状态下会有写作灵感。在本周的写作中，试试以上这些办法，也找找其他途径，看是否真能帮你释放想象力。

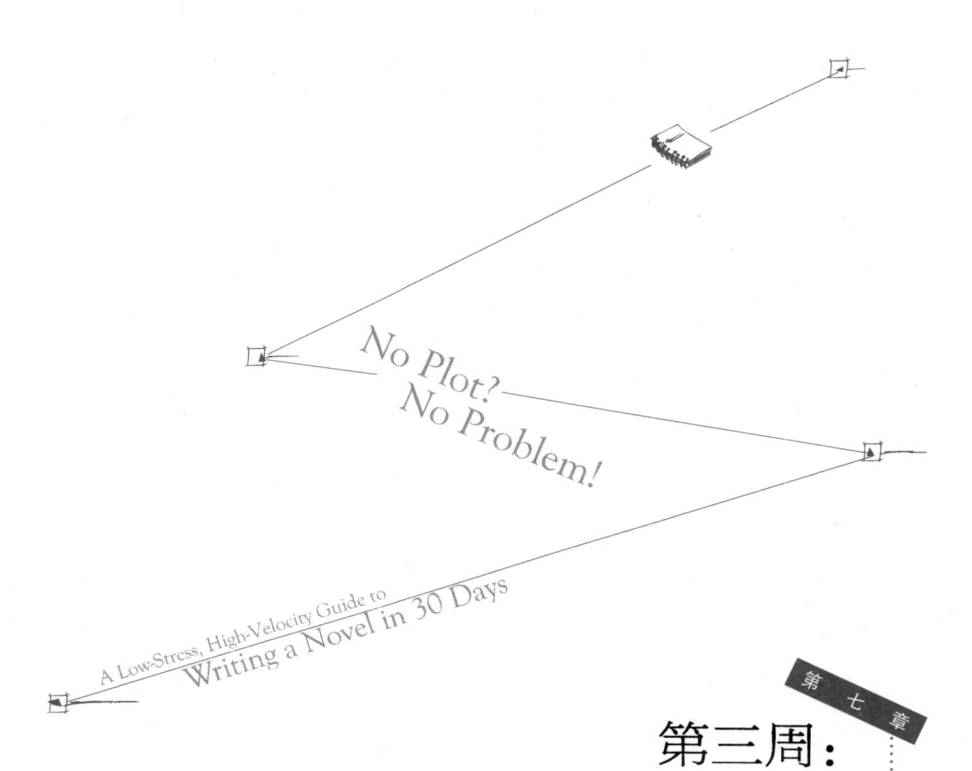

No Plot?
No Problem!

A Low-Stress, High-Velocity Guide to
Writing a Novel in 30 Days

第七章

第三周：
晴空万里，全速前进迎接胜利

亲爱的写作者：

欢迎进入写作第三周！如果说第二周是乌云密布、举步维艰的一周，那么第三周就好多啦！

你已经挺过来了写作月里最难熬的一周。当然，第三周仍有很多事情要做，不过比起第二周轻松多了，此时天朗气清，景色宜人。在第三周，你可以瞭望小说王国的美景：郁郁葱葱的森林开始出现在道路两旁，万物生机勃勃，它们轻声呼唤你的名字，营养丰富的橡子和葫芦似乎也充满了佳得乐饮品的味道。

至少我们希望它们有佳得乐的味道吧！

把它们一饮而尽吧，因为这一周就要开始下山了，那田园牧歌式的写作尽头就在眼前。

为了更好地利用第三周，你必须做到两件事情：

第一，补上所有的字数亏欠。

如果你在第二周落后于那些勤劳的写作者，现在你必须把写作速度提高两到三挡。为了能够帮助你提高写作速度，本书的外联部门已经和你的老板达成一致意见：你可以在别人不注意的时候占用工作时间写小说。（同时，你可以在别人都下班回家之后，用公司的激光打印机打印三份小说稿。）

不管在家写作还是在工作地点写作，根据小说进程时间表，你在第三周结束之前，都要完成 35 000 字的目标。如果离这个目标差得实在太远，你可以忽略它。但在第三周结束之前一定要至少完成 3 万字。不管通过什么方式，在第四周开始之前一定要写到 3 万字。

第二，顺水推舟，飞速完成写作任务。

到了第三周的中间，一切都趋向明朗。写作之路在你脚下平滑延伸，写作好像顺势下坡一样毫不费力。随着小说写作进度不断加快，你的第一反应也许是想减速，希望自己的进度能够平稳一些，匀速推进写作。

千万别那样做。现在是你飞速写作冲刺的时刻。

为什么？因为这一周正是所有的情节发展开始汇集到一起，轮廓趋向分明的一周。你在第一周时突发奇想的念头会重新出现在脑海中，你在第一周随兴所至拉到法庭上的日本武士现在会戏剧性地回来。这一周他们会带着新的证据出现在法官面前，这些证据将把案子完全翻转过来。之前那些威胁小镇音乐会的难以阻挡的僵尸听到了一声响彻人群头顶的尖利刺耳的吉他声，便立即终止了它们的袭击，开始踉跄逃窜。在新加坡瑞福尔酒店发明司令鸡尾酒的酒保在拿杜松子酒的时候却错把樱桃白兰地抓在手中，因此彻底改变了殖民地时代的饮酒历史。

在第三周，一切都会发生——所有这些不确定性的结局开始汇集在一起，好像通过魔法般的创造力轻而易举地在你的小说中聚合成形。这一周做好了，你的小说写作就算是成功了。

我能现在放弃吗？

不。你不能。

第三周的问题

行百里者半九十：评估你的进度

完成第三周的写作目标，你就踏上了一个月写小说的大陆分界线。祝贺你！现在是时候把统计字数放在一旁，看看你的故事进度，估量一下你的小说离最后的结尾还有多远。

评估一下，你属于哪种情况：

1. 故事完成了一半多
2. 故事完成了一半
3. 故事发展还不到一半

如果你属于前两种，恭喜你！干得不错。继续全速前进，你的写作进度很合适。如果你担心不到5万字就把故事写完了，那大可不必。首先，小说稿完成之后还有很多后续工作等着你。其次，你还要写序言、后记和目录，等这些写完了，估计你的小说都不止5万字了。所以，即使你的小说已经结尾，字数却没有达到5万字也没关系，还有很多事等着你。充满自信，加快写作速度吧。

如果你属于第三种情况，那么我们需要谈一谈。

我们的写作目标是要你写到第49 999个字和第50 000个字才算到达"终点"。这并不是说在经过修改之后，你的小说的实际字数就是5万字。其实，在修改过程中，你的小说也许在中间部分就会增加1到5万字。

不过，在这一个月的写作中，你要尽力完成一部完整的小说稿。因为在截止日期过后，你的自我检查机制会重新回来，要想在修改过程中增加新的内容是很难很难的。

在接下来的两周中，你会有强劲的写作动力和创作能力。你对人物的贴近和把握将达到最佳状态。这正是你为解决小说情节和故事走向而做出重大决定的绝佳时机。

如果你还在塑造新的小说人物，而且还没有想好他们的故事情节，那么你需要坐下来认真想想他们现在该何去何从。在接下来的两周中，什么是你要集中描写的主要场景？这个场景如何能让你在两周之内写出一个完整的故事？有些能够暂时略写的情节就轻描淡写提一下——加个注释标记出来（"这里应该写：那个看足病的医生告诉南希他其实是个外星人"），让你记住这个地方你省略的内容——现在只写那些能够推动故事情节向前发展的场景。

不能在一个月的写作时间内把每一个场景都描写完成的确遗憾。不过，我的经验是：比起不得不在写作月结束之后再构思和写小说的最后五章，在修改过程中只是补充那些起过渡作用的场景要容易很多。所以，一定要避免为了细碎的场景描写而给小说留个未完成的尾巴。现在应该全力以赴写小说最核心的情节，让它的结尾直指 5 万字。

"你还没有写完小说？"：当家人和朋友不耐烦的时候

有些全国小说写作月活动的参加者特别幸运，有狂热支持他们的家人和朋友，这些支持者会不断询问他们的写作进度。这些好心人会帮你收拾装着冷冻比萨的盒子和没有分类的单据，打探你这位业余小说家的生活并为之高兴。

不过我们之中 99% 的写作者都没有这么幸运。我们的家人和朋友在心情好的时候会向我们投来迷惑不解的目光；在心情差的时候，会把我们没洗的盘子砸到我们的头上。

不过，不管是狂热的支持者还是不太关心我们的人，在写作第三周，你会发现他们对你的支持度在不断下降。

这也可以理解。突然决定写小说，就好像在家门口的台阶上捡到一个婴儿——或者一个衣着像婴儿的小人儿一样。一个新生命来到你的生活中，当你调整自己的生活节奏去适应这种状况的时候，旧的习惯被抛之窗外。很多事情令你应接不暇，家人和朋友自然会受到冷落。

而且，就像自己的孩子一样，一部小说很大程度上是个人的奇迹；你写作过程中的点滴快乐通常无法与人分享，就算和你关系再亲密的人也难以体会其中的乐趣。

和很多参加全国小说写作月活动的写作者一样,三届全国小说写作月活动获胜者赖斯·谢丽丹·彼得斯发现,自己写作的乐趣和家人、朋友们对写作的不满形成了鲜明的对比,特别是在第三周的时候,这对写作极为不利。

"我终于对小说的走向有了清晰的把握,"她说,"但是我的家人和朋友却数着日子盼我快点写完。我希望他们能够坐下来,全神贯注地听我讲我的小说,我想要他们知道我的小说多么曲折离奇、引人入胜。他们却对此毫不在乎,只想知道我们什么时候才能好好吃一顿饭,而不要再用塑料刀叉吃那些装在袋子里送来的快餐。"

你在向第三周挺进的时候还是会错过社交活动,也没有时间干家务。你的家人和朋友慢慢也就明白了,你肯定不会放弃自己的小说写作,如果想放弃你早就放弃了。这也就意味着在接下来的两周,你还将持续这种紧关房门、屏蔽社交活动和吃快餐的日子。

这种日子的持续肯定让家人和朋友心生不满和抱怨,主要是因为他们思念你,至少他们思念那个能够陪他们看完一部电影,而且不会在电影结束之后一直絮絮叨叨自己浪费了两个小时,否则又可以写多少字的那个你。

所以,要给家人和朋友一些爱的回馈和理解,告诉他们你的小说写作马上就要接近尾声了。

第三周的建议

加快速度,每天6千字

自从一个月写小说活动开始以来,有很多后来居上的胜利者。

他们之所以能够从落伍者变成领头羊，一个最简单的做法就是他们奋起直追，把写作目标调高为每天完成 6 千字。每天 6 千字听起来很多，其实做起来没有你想象的那么难。

以下是加快小说写作速度的具体指导步骤：

第一，选择一个周六或者周日，确保上午、下午和晚上各有两个小时的写作时间。

第二，早点儿起床，吃一顿健康、丰盛的早餐；或者吃个最简单的早餐：喝一杯咖啡，吸一支烟。

第三，连续写作 30 分钟之后休息十分钟，做一下伸展运动，舒缓一下手腕，发发牢骚。以 30 分钟为写作时段，上午完成三个时段的写作。

第四，出去放松一会儿，午饭之后回来再写三个 30 分钟时段。

第五，做点别的事，晚饭之后坐在电脑前，再写三个 30 分钟。

第六，这个时候，你已经完成一天 6 千字的写作任务，可以安心睡觉了。在梦里，也许会有友好的书稿代理人挥舞着超大号的预付支票，找上门来。

为了迅速提高写作速度，请按照上述步骤连续坚持两天。在一个周末写出 12 000 字之后，即使累得瘫在地板上，你也会在心里想，这个世界多么可爱啊。

如果提前完成了 5 万字怎么办？

每年都有接近 2% 的全国小说写作月活动参加者能够在两三个星期就提前完成 5 万字的写作目标。这要归功于他们闪电般的打字速度和运转良好的想象力。如果你也是其中一员，在第三周故事还没有完结的时候已经跨过了 5 万字大关，请继续保持风驰电掣般的写作速度，直到你把故事写完。如果你已经写完，还剩几天时间（而且还有余力），那就回头看看小说的中间部分，开始检查、调整，以适应你在小说写作过程中对故事方向的改变。总之，不要停步，全速前进！

眼不见心还烦：彻底摆脱自我检查机制的束缚

你的自我检查机制！在过去的这段时间里，我把你的自我检查机制扣下了，在你无暇顾及它的时候，它的表现相当不错。它没有干扰你的写作进度，它自己也乐得清闲，说不定它正在纠正那些小学合唱团的孩子们的语音、语调呢。

我从来没有见它这么快乐过。

尽管你已经把自我检查机制抛在脑后，但是在本周的写作中，你会感觉到它以写作或创造力障碍的方式现身。如果你在第三周觉得不顺利，也许就是更顽固的自我检查机制在从中作梗。那么，如果遇到它带来的风格受阻、写作障碍这种情况，对策如下：

第一，搞一下大破坏。

让你搞大破坏，并不是让你破坏生活中的那些真的物品（它们可是很贵的），而是让你破坏小说中的东西。你的自我检查机制好像什么都要管的家长一样，平时总是束缚着你，现在这个家长终于不在家了，你大可以像中学生指导视频上说的那样：该在家里办个晚会，把屋里搞得一团糟了。

找出一两个给你带来无穷烦恼的小说人物，做些大胆唐突的事情。把他们从你的小说中直接删除，或者安排他们在等公交车的时候被虫洞吸走。如果你的小说有两个浪漫的结局，而你不知道该如何取舍，那就删掉一个。反正你的读者也看不出来。在想办法弥补你因为调整故事而惹出的麻烦的时候，你将为你的想象力提供即兴发挥的巨大空间。

第二，告诉自己"就当我没写过这本小说"。

在这一周的写作中，你遇到的障碍之一可能是开始担心人们对你的小说怎么看。这种担心毫无必要，因为任何人在一个月内写出的小说都不可能完美。如果你确实担心，可以直截了当地告诉自己：等小说初稿一完成，就想方设法把它毁掉，绝不让人看到你的拙作。想想看，等你把它打印出来之后，是放在烧烤架上焚烧呢，还是在满月的夜晚将它深埋在森林中？

一旦你告诉自己谁也不会看到这一个月写的小说稿，你就会更加享受写作的过程。而且，把你的小说稿毁掉，让谁也看不到，还会让你有一种特别的释然和超脱之感，犹如你参禅悟道之后看破一切、超凡脱俗了一般。

第三，从小处着手。

如果你的小说写不下去了，因为你挥之不去的念头是总觉得小说的情节发展毫无意义，那就不要再去纠结情节的问题。这时候，你可以集中精力写那些不会推动故事情节发展的小事情，让大脑稍作休息。用两千字描写一下小说主人公家街道对面卖热狗的标牌。用几页篇幅描写你爱的人喜欢用的香水，以及为什么这种香水一点都不适合她。写写这些小说情节外围的事情，这些虽与小说有关，但联系又不是特别紧密。不管你写什么，只管不停地写下去。即使这几天都在做这些看似无用的背景描写，等你重新找回最佳写作状态的时候，这些描写也许对你的小说很有价值。

利用参考小说，迅速搞定小说情节

为了确定小说情节，你有时候需要一个帮手。我发现我的参考小说（在本书第三章提到的作家的重要工具）就

像一本价值不可估量的算命书一样,能够指导我的写作过程。它起作用的方式如下:

你:(拿起参考小说)啊,伟大的参考小说!我有一个问题!

参考小说:(……)

你:我小说的主人公性格僵硬,像木头一样无趣,我应该现在把她删掉,把生活在她家门廊底下,穿越时空而来的花栗鼠一家作为新的主人公吗?

你:(翻阅参考小说,随意停在任何一页上,读读这一页的第一句话)

参考小说:虽然她的父母不喜欢手风琴,但手风琴却是安吉莉最喜欢的乐器。

你:谢谢你,伟大的参考小说。我今天中午就把她从我的小说中删掉。

第三周练习

为你的小说绘制地图

我们长大之后,最糟糕的事情之一就是很少像小时候那样用彩笔画画了。这一周,让你整天对着电脑的眼球也休息一两个小时。关掉电脑,找出一张白纸和几只彩色铅笔或粉笔。

这个练习的目的是为你的虚构小说世界绘一张地图。在这张地图上,你要标出所有小说人物的家庭住址、学校和工作地点,以及小说中他们到过的所有地方。这也是你第一次想象你的虚构小说世界的空间格局，所以尽管动手标记吧。

把书中写到的所有地点都在地图上标出来之后，还可以继续深入其中，创造性地随手填出并添加一些其他的细节和地标，从海滩、公园、钟塔、大教堂到商店等等，都可以。有点疯狂的念头也未尝不可一试，比如在干洗店后面画一座古代圆形大剧院，或者在市政厅上边添一个捕鲸站。这张地图在以后的写作中可以起到一些参考作用，但它本身也是个创意练习。这既给你机会，让你享受描绘你的想象世界的乐趣，也让你看看这些想象是否可以用在小说写作中。

不要拘泥于绘制一种类型的地图。对于场景多在室内的小说，你也可以逐层绘制那些重要的居家、店铺或饭店的内部结构图，而不是单纯地以每条街为最小单位。如果你的小说是讲露营或者涉及地形起伏变化的故事，也可以为其绘制地形图，作为小说的参考。

最后，一定要用彩笔给你的地图上色，要尽可能让每一个地点生动逼真。因为这个练习是让你暂时停止小说写作，所以，你可以慢慢地给小说里描写的那个小镇池塘中的绿藻上色，让它看起来碧绿如新，栩栩如生。

等绘制完成，把这个地图放在手边，它可以随时提醒你小说中每件东西的位置，说不定还会给你带来新的写作灵感。

小说写到一半时：全国小说写作月获胜者感言

"小说写到一半的时候，感受真是五味杂陈。如果你之前构思好的情节都写完了，就得想小说接下来该怎么进行，这是个难题。而如果之前没有构思，问题就更大，小说都进行到了一半，你还不知道人物的结局如何安排。"

——安德鲁·约翰逊，29岁，三届全国小说写作月活动获胜者，来自新西兰的克赖斯特彻奇市

"小说写到一半的时候，感受很微妙。你也许处在写作的最佳状态；也许没有思路，还在拖延；也许压力很大，无从下手。通常，这三种感觉都会有。到第三周，如果之前的任务没有完成，你想奋起直追，压力就会很大。但是，如果这是你第一次写小说，而且你的字数目标也按部就班地完成着，那么你肯定会觉得自己特别厉害，为自己感到自豪。"

——史黛西·卡茨，30 岁，一届全国小说写作月活动获胜者，来自休斯敦市

"写作进行到中间的时候，最大的问题是朋友们开始质疑你的小说到底能不能写完。他们会说，还在写小说呢？你真的要写一本小说呀？算了吧，还是和我们喝一会儿啤酒吧。这些话无形之中会影响你的信心和动力。可能到最后，你真的也想逃避写作了。只要可以不写作，你宁愿洗碗，甚至加班工作。"

——泰勒，34 岁，两届全国小说写作月活动获胜者，来自伦敦

描写人物和事物的游戏

实践证明，为了增加写作乐趣，这个游戏是经得起时间考验的有效办法之一。

玩这个游戏之前，你需要拿一份没有读过的报纸、一支笔和笔记本，到某个公共场所去。这个游戏两个人玩最好，不过挑战自己也不错。

游戏规则是这样的：找一个人多的公共场所坐下，闭上眼睛，数到 15。等睁开眼睛的时候，你看到的第一个人就是你要描写的对

象。在他走出你的视野之前尽可能写下你观察到的所有情况——他的衣着、举止、种族、发型，以及他拿的东西等等，事无巨细，越多越好。

然后，拿出那份没有读过的报纸，闭上眼睛。把报纸翻到任意一页，在眼睛闭着的状态下，用手指到报纸的任意一处。

将手指点到的报纸中的文章、广告或者照片与之前看到的行人联系起来。他们之间有什么联系？你必须找出这种联系，而且把那个人和这件事写在小说的下一章里，要写得有说服力。

你在自己的小说中加入的人和事越多，你的得分就越高。如果和别人一起玩这个游戏，你们分别收集人物和报纸信息，每个人都要随机挑选人物，再在报纸上查找人物的背景故事。然后交叉做联系，将这些联系的故事写进各自的小说中。等你们的小说都完成之后，可以互换小说看，看你们随机选择所描写的那些部分。

这个游戏的升级版：你可以在游戏中增加一本地图册，描写人物、地点和事件。闭上眼睛，随便翻到一页地图，给你的小说人物选定出生国家或祖籍地。

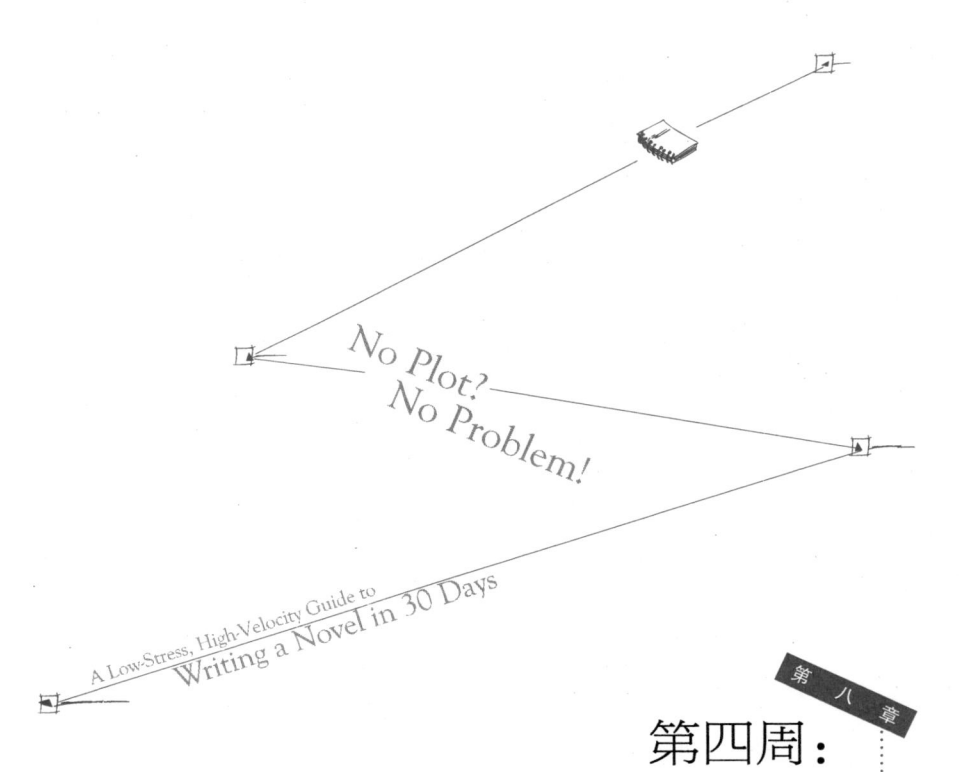

No Plot?
No Problem!

A Low-Stress, High-Velocity Guide to
Writing a Novel in 30 Days

第 八 章

第四周：
众声欢呼，庆祝写作目标完成

亲爱的写作者：

终于到了最后阶段：第四周。这是一个月写作的冲刺阶段。按小时来算，你离截止日期还有 168 小时。如果除去每天晚上 8 小时的睡眠时间，和白天 12 小时的工作加其他应酬的时间，你每天的写作时间是 4 小时，一周就是 28 小时。也就是说，在这一周中，你还有 1 680 分钟的写作时间。

但是，我们还不能为即将到来的胜利而窃喜。我希望你先做一件事：把这本书放下，穿上鞋，抓起钥匙，到商店去。

我是认真的。

你现在就去。

如果你现在实在去不了，那就什么时候方便什么时候去吧。但是，你一定要记住，去商店买两瓶香槟酒。如果你还没到能买香槟酒的年龄，可以买啤酒代替。

买好酒之后，回家把它们放到冰箱的最深处。以后会用到。

现在，回到小说写作中吧。

这是写作第四周。离这个月结束如此之近，你几乎能够闻到胜利的味道了。不管你现在写了 14 000 字还是 40 000 字，你都可能会问自己：难道我写的还不够吗？我真的还要继续写吗？要不我现在放弃吧，等过几个月不这么累、这么脏乱的时候再继续写？

这些问题问得好。

我的回答是：接下来的七天一眨眼就过去了。如果你想再拖七天。七天之后又是七天。

这么一周一周地拖下去，就拖成了一个月；一个月一个月地拖下去，就拖成了一年；年复一年的拖下去，不知不觉，你就 85 岁高龄了，那时，你坐在门廊前，回顾过往，该是细数自己一生成就的时候了。

第八章 第四周：众声欢呼，庆祝写作目标完成

我可以向你保证：到你晚年回忆一生的时候，很多事情——做公司的年表、通过某次英语考试、安排有能力的儿童看护等等——这些事情此前看起来至关重要，但在回忆的时候你不会为它们感到自豪和骄傲。

事实上，也许你根本就不记得这其中的任何一件事。

但是，数十年后，你肯定会记得那个不可思议的时刻：电脑的字数统计宣告你的小说到达了 5 万字的写作目标！你会为自己当初勇气十足地接受这个挑战而自豪，为自己竟然能坚持到最后的坚韧毅力感到骄傲。你肯定会记得这一个月的乐与苦。你当初对自己的承诺，你那堂吉诃德式的狂想与探索，以及最终取得成就的喜悦，这一切肯定会历历在目。

你知道我为什么要说这些吗？

你已经处在胜利的边缘了，你将完成一项不可思议的成就。你还有很多字要写，既然时间已经所剩无几，要想成功必然要加倍努力。但是过去三周的写作磨砺已经让你技艺精湛，坚定而勇敢，你肯定能顺利到达终点。

你一定能够做到。只要你抽时间继续写作。不管用多少时间。继续向前、勇敢无畏、坚定不移、充满信心。

在你跨过这最后几英里的时候，尽情享受这个过程吧。因为痛苦即将过去，热烈的庆祝马上就要开始。

在小说中加入天气描写

"小说写作中最恼火的就是你写几页就得停下来进行天气描写，它会打断你的思路。"

——马克·吐温

你在读小说的时候很少想里面的天气描写。和真实生

活不一样，不管冷热阴晴，小说中的天气大多数情况下都是起调节的作用。如果你还没写到 5 万字，就发现自己的故事没什么可增加的内容了，可以考虑花些时间增加细致的天气描写。描写一下和煦的微风和空气中甜甜的味道，或者插进去一阵季风，接着在从多云转阴的过程中写一场暴雨。虽然天气描写听起来无聊，但写起来很有意思。

第四周的问题

写到了 35 000 字

当你的写作字数达到 35 000 字的时候，你会感受到和完成 5 万字类似的喜悦。这意味着离 4 万字这个关口不远了，而最后 1 万字在几天之内肯定可以完成。写到 35 000 字的时候，你会感受到第一周时的那种动力和热情，毕竟胜利翘首可盼。

如何让你打印的小说看起来像一本书

为了让小说打印出来更显正式，你要给小说加上页码，给章节编上序号，每页后面插入分页符（打开小说文档，选择分页符。）然后设计文档布局，将每页分为两栏，中间隔开两英寸的距离。这样，你的小说看起来就像一本书了。

假日恐怖故事：如何在和家人度假时不间断写作

如果在 11 月或者 12 月写小说，你写作的最后阶段该是节假日了。虽然节假日不需要上班、上学，但这些时间却需要尽家庭义务。

第八章 第四周：众声欢呼，庆祝写作目标完成

要在感恩节和圣诞节期间保持写作不间断，你要巧施妙计，尤其要有效地利用长途坐车和在机场等候的时间。

如果一直到月末你都要和家人在一起，那么，最重要的就是告诉他们，你在这段时间还有写作任务要完成。要提前和亲朋好友解释一下，虽然这个假期你会一直陪在他们身边，但你还得想着写作。你可以用第二章提到的"我在写一本小说"那些计策，对他们晓之以理，动之以情。

还有一个在节假日保持写作不间断的办法，那就是在汽车旅馆给自己开个房间，而不要住在亲戚家，这样在你需要的时候，就有一个安静舒适、可以自由安排的写作空间。如果你没办法一个人出去住，或者亲朋好友都来你家过节，那要提前想好，家里的哪个小房间（储物间的角落之类）可以被改装成"半私密的"写作空间。

三届全国小说写作月活动的获胜者艾琳·奥德和她的妹妹利雅娜发现了一个虽然不是特别好，但还能用的写作地点：一间不常用的卧室。有一年，她们的亲戚来她家过感恩节，她们就是躲在这个屋子里写作的。

"爸妈和奶奶在我们只有两个卧室的家中待了四天，"艾琳回忆道，"在这四天里，我和妹妹睡在一张床上，用一台电脑写作。我们经常争抢写作的机会，总是一个人在卧室写作，另一个人出去做饭、照顾家人。"

"爸妈根本不理解我们写小说的事情，我们不停地解释，为了完成写作目标，我们必须回那个小卧室写作，但是，他们总觉得我们是不想陪他们而找借口。"

如果你觉得在节假日写作肯定会引起家人和朋友的不满，那么最好的办法就是说善意的谎言。你可以骗他们说你在整理家族史故事，所以你必须在节假日抽出时间，好好整理奶奶这几年在饭桌上

讲的那些故事，这可能要占用一些陪他们的时间。

跨越终点线

是的，这一周你就要跨越终点线了。我喜欢用一个冥想的仪式庆祝这一时刻：我把小说稿打印出来，按照页码罗列整齐，放在地板上。当这一切都准备就绪之后，我从摞好的书稿后退几步，闭上双眼，感谢神灵赐予我写作的力量，让我再一次有如此丰厚的收获。祈祷礼毕，我飞身跃起，一头扎进我的文字堆里，就地打滚，然后鼾声大作，睡他个昏天黑地。

我这样睡了三天。

你想怎么庆祝取决于你自己。不过一定要尽情尽兴，咆哮，嚎叫，声嘶力竭，都不为过。不用管邻居们怎么抱怨。

第四周的建议

爱惜自己的身体

经历了三周高强度的打字写作，即使最强壮的身体也吃不消。从手腕到手指，从背部到颈部，你都会有疼痛、疲惫的感觉，任何血肉之躯都受不了在过去三周你所经历的这种连续不断的创造性劳作。在第四周，你要特别注意自己的身体。每写十五分钟就要停下来做一下伸展运动，放松一下肩部和胳膊的肌肉。在第四周，你的眼睛也会觉得特别干涩。千万别去揉它：你需要做的是不要几个小时一直盯着电脑屏幕，而要每隔五分钟左右就朝前方和身后看一下，从远方到近处移动视线，让眼睛得到适当的休息。还有，可以用滴眼液。如果感到眼睛干涩，就用眼药水来缓解。

回顾小说写作笔记和备注

在最后一周，因为写作的速度很快，你可能会把前几周想好的故事情节忘得一干二净。所以，在第四周开始的时候，看一遍你的写作笔记和存在电脑里的小说备注，确保在小说写作结束之前你所有的奇思妙想都派上了用场。

提前完成，也要继续写作

就像我之前说过的那样，你正在发挥着动力强劲的写作能量。一旦这四周的写作高潮过后，这种能量就衰竭了。如果你提前几天完成了5万字的写作目标，在庆祝之后，你要继续回到写作中来，保持状态。因为你现在所做的一切日后将获得巨大的回报。而且，如果你在一个月内超额完成写作字数，那就意味着你可以把前面章节中那些斜体的、不想要的内容全部删除。而且删除之后，你的小说还有5万字，可以在月底给你的朋友们看。

小说完成之后，告知天下

显然，在一个月里写完一本书能带来极大的满足感。这本身就是对于我们艰苦卓绝的努力的最大奖赏。不过，如果能够向家人和朋友炫耀一下你的巨大成就，更是锦上添花。要想和所有认识的人分享你的成功，最好的办法是把你的小说字数统计截屏，作为附件，用邮件发给他们。

请按以下步骤在电脑上截屏并发给他们：

第一，选择你不介意让家人和朋友们看到的小说中的一页（小说封面是最佳选择）。

第二，对全文进行字数统计，确保字数统计框处于屏幕中间的显眼位置。

第三，找到电脑键盘上的截屏按键"Prt Sc"，按下此键将会自动截屏。

第四，找到 Windows 启动栏中的程序，然后点开附件中的画图。

第五，在画图中编辑菜单栏的下拉菜单中找到粘贴选项。

第六，现在你应该能看到自己之前截屏的图片了。

第七，将这个截屏的图片保存在电脑桌面，通过附件的方式发送给所有你认识的人。

苹果电脑的使用者可以按"command＋shift＋3"进行截屏。这样截屏的图片就会自动存储在启动盘里，可以通过画图等程序打开。

第四周练习

最后几天，用手和笔写小说

如果你到目前为止还远远落后于应有的进度，完全可以忽略这个练习，继续全速用电脑打字写作。如果你的小说接近完成，这一周你可以考虑起身离开电脑，改用手写，漫步走向终点线。

是的，用手写作都快被大家遗忘了吧，我说的正是这种做法。用钢笔把小说的最后一部分写在纸上，你会被迫慢慢地写作（这一个月里你很少这么做），在落笔成字之前，你会有比较多的时间思考。而且，笔落在纸上的摩擦声，以及锋利的笔尖深入开掘纸张崭新领地的翻页声，宛如美妙的乐曲，带给你一种感官的享受，还有心灵的宁静。这种宁静正是我们在写作最后一周所需要的状态。

第八章 第四周：众声欢呼，庆祝写作目标完成

关于用手写小说，我咨询了写作月活动的获胜者珍尼弗·麦克里迪。她是全国小说写作月活动参加者中少有的几个完全手写 5 万字的作者，她给了我们以下五点建议：

第一，买一个页面有横线的笔记本。不要那种穿孔的，要胶粘或者线装的那种笔记本，比如速记本。

第二，不要用修正笔。你所有的错别字都能够在以后的修改中得到改正。所以根本就不需要修正笔。如果为了以防万一而带上一支，你肯定会用的。你本来想着用它修改标点符号，结果却发现关于邻居家草坪描写的那一整章都会留下一大片修改后发白的痕迹。

第三，让自己，特别是你疲惫的手腕及时休息。如果你觉得头脑迟钝，就停止写作，让疲惫的大脑和手都放松一下，为重整旗鼓做好准备。如果你灵感迸发，驱使你连续写作数个小时，也要强制自己在一章结束时或者在完整的一个小时的写作之后停下休息。

第四，不要每写一句话就计算小说的字数。要在完成了一天的写作，或者完成一部分写作之后的休息时间里再计算字数。把更新的字数写在每个时段所完成的最后一页的右上角，这样你在下次计算时比较容易找到位置。

第五，不要用特别贵的笔写作。在写到 1 万字的时候，你的笔就会出现没水的现象，如果买特别贵而又不能灌水的笔，你就会损失一笔。所以，要买一只价钱不贵（也不能买特别便宜的）、能灌黑色或者蓝色墨水的那种钢笔。千万别用那种可以很容易抹掉颜色的墨水，因为即使你有钢铁般的意志，也会按捺不住修改的冲动。同样的原因，不要用铅笔写作。

画上句号：全国小说写作月获胜者感言

"当第四周来到时，我的牙咬得咯咯响。终于接近 5 万

字了，但是离我的小说结束还有十万八千里。我已倾尽平生所学。在我开始以冲刺般的速度精心描写故事情节中最关键的要素时，全部的场景只用几句话就勾勒出来了。我快速推向高潮。在过去两年里，为了把故事写下来，我曾经强迫自己两三天写两万字。当我打出'结束'二字时，我欣喜若狂，感动不已，我一边打这两个字一边禁不住失声痛哭。"

——罗素·克雷默，51岁，三届全面小说写作月获胜者，来自洛杉矶

"第四周最好的感觉是写到了小说的尾声。第四周最坏的感觉是小说写到了尾声才认识到我还缺少8 000字，因此我不得不添加一个辅助情节，或改变故事结尾，这儿添点，那儿加点，才能写够5万字。我在写第二本书时遇到了这种情况，当时我在餐桌上长吁短叹。我丈夫说，'你需要让一个人物死去。那样应该对凑够8千字有好处。'于是我就这样做了。我让主人公的丈夫死掉了。"

——赖斯·谢丽丹-彼得斯，42岁，三届全国小说写作月获胜者，来自华盛顿

"很多时候你会对自己傻笑，部分原因是到这个时候你多少有点疯了，但我认为这也是因为你彻底放松了下来，不再那么严格对待自己了。"

——瑞恩·邓斯莫尔，38岁，五届全国小说写作月获胜者，来自布鲁克林

以小说家的身份介绍自己

写出一本小说的一个附加好处是，周围的人会以新的眼光来看

第八章　第四周：众声欢呼，庆祝写作目标完成

待你的小说家的身份，你在别人心目中的形象会因此而有新的提升。以新的小说家的身份介绍自己，一开始肯定会有点不自在，不过试试看。在社交场合，你需要将自己的身份推出，感受一下作为小说家的荣耀。

在晚会等场合把自己作为小说家隆重推出，这需要娴熟的技巧，对于新晋作家而言可能有点困难，尤其是当晚会热热闹闹的时候。因为大家可能喝醉了酒，可能开始大谈特谈各种稀奇古怪的事情，而这些事情通常与你的小说毫无关系。

当然，将人们的议论话题转移到你的小说上也并非不可能。这需要一定的谈话技巧。请看下面一段示范对话：

作家：嗨，你近来怎么样？

聚会者：不怎么样！我最近病得厉害，得流感了，它到处扩散，所以，这一段没怎么出来，人变低调了，总呆在家里睡觉。你知道……

作家：呵呵，你这么说可真有意思！流感让你低调了。我小说的主人公也是一个有趣的人，他打算开个办公用品店卖腊肠热狗呢。

聚会者（大笑）：这个想法多棒啊！我感觉自己的病都乐没了。

作家：是啊，我也觉得特别搞笑，不过最后他也没卖成，看续集的时候他有没有机会吧。

聚会者（掏出钢笔）：请给我签个名吧。

另一个要点是——不管你是在聚会这种场合介绍你的文学成就，还是一对一和人聊天的时候——都不要说刚完成的那本小说是你的第一本小说。即使它是也不要这么说。你可以说这是"我最近的一本小说"。

从谈话技巧的角度讲，这么说是准确的。它可以理解为，还存在其他一些较早完成的小说，你之所以不提那些小说，是因为你比

较谦虚，不愿意提及自己以往的成就。如果真的出现了一般不会出现的那种情况，即有人问及你之前小说的故事内容，你可以推脱说你的书稿代理人不让你随便透露。然后你就摸摸耳朵、耸耸肩，一声叹息道："哎，出版界呀……"

第八章　第四周：众声欢呼，庆祝写作目标完成

一封信
请在完成 5 万字
或者写作月结束时阅读

祝贺你！

亲爱的小说家：

我很高兴地通知你，你正式完成了这个月的写作之旅。

不管最后写了多少字，你都做了一件神奇的事情。克服了那么多的干扰、阻力和琐事，你勇往直前。敢于追求自己的创作梦想，愿意挺身而出，向不可能的任务努力攀登，你是激励我们的光辉榜样。

那些在一个月内完成了 5 万字的写作者们，你们知道，在如此之短的时间内写作速度如此之快，收获如此之多，很多专业作家都难以企及。你们的勇气、才华和丰富多变、熠熠生辉的写作技巧无疑将会让你们作为新晋小说家受益多多。

如果你的小说离 5 万字还差一点，但是已经尽了全力，那么，我要和你分享一个秘密：在这个大量消耗咖啡因的伟大实验中，我们一直都过于强调 5 万字的写作目标了。一个月写小说这个活动起

作用的主要方式之一是在重压之下激发你的全部能量。设置这样一个目标是有意为之，因为任何用现实的眼光看待这件事的人都不会尝试这么做。

随着这一个月的结束，我觉得在道义上有必要提醒你：返回到现实生活中时还是要实际点。所以，请仔细听好：如果你在过去的四周只写了15 000字，那你的小说大概有50页；如果你写了25 000字，那就是83页。要知道，你仅在一个月内就写了这么多页啊！还能说不够好吗？

这是一件值得在家书中大书特书的成就。

在这封家书里，你还应该写上几点：其中一项事实是你勇于尝试。这次尝试也许看似小事一件——其实不然，它需要很大的勇气。你以自己的名字写了一本小说，不惧怕全世界的人看到它，质疑它。你选择冒险，不畏惧失败。正是因为你敢于失败，所以你才成功了。

为什么这么说呢？因为你本来可以循规蹈矩地过这一个月。你可以和自己所爱的人一起悠然地散步，也可以通过努力工作赢得老板的好感，而不是带着熬夜造成的黑眼圈去上班。相反，你选择了做一件看似愚蠢的事。你选择了尝试以从未有过的速度用一个月的时间写一本自己的小说。

你们中的很多人肯定和我一样，没有写过小说。在我们看来，小说从来都是别人的创作。但是这个月就不同了，你终于敢对自己说"别管那一套，轮到我也写小说了"。你就这样踏上了小说创作的征程。在这个世界上，没有什么比甘愿冒着巨大的危险，勇敢追逐自己的梦想而更让人钦佩的了。

所以，你要为自己骄傲。你在这一个月成就非凡。我向你致敬。

现在，请打开香槟开始庆祝吧（或者喝点别的也可以）。我在第八章让你买的两瓶香槟终于派上用场了：一瓶是慰劳你自己的，另

第八章 第四周：众声欢呼，庆祝写作目标完成

一瓶是用来感谢你的家人和朋友在这艰难的一个月里对你的支持和鼓励。

在你和挚爱的人一起庆祝你的伟大成就的时刻，在这疯狂的高水平产出的一个月临近结束的时候，请接受我的祝贺。我也要敬你一杯。恭喜你所做的一切，恭喜你梦想成真！

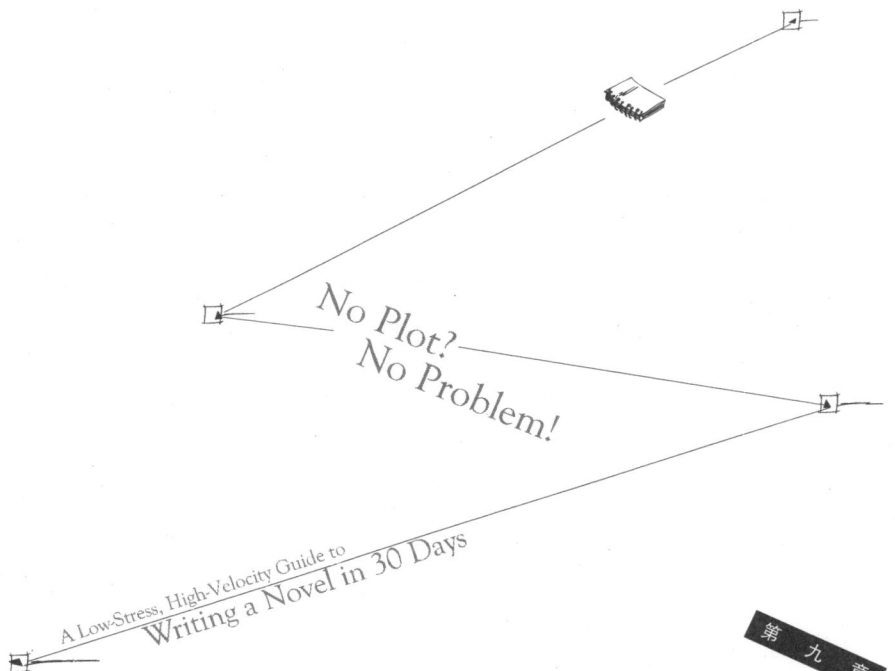

No Plot?
No Problem!

A Low-Stress, High-Velocity Guide to
Writing a Novel in 30 Days

第 九 章

小说截稿后续工作

这一个月里压力和欢乐并存，焦虑与成功交织。无论如何，现在它已经过去了。

在经历了狂热的高速写作、创作力激情四射的喷发之后，重新回到以前的正常生活，你会觉得，呃，有一点怪。美国作家杜鲁门·卡波特曾有这样一个非常著名的比喻，他说完成一本小说就好像把自己一个心爱的孩子带到外面去开枪打死一样。当你的小说临近完成，或者已经完成了大部分的时候，你会感到卡波特所描述的那种失落、空虚和不知所措。

小说写作月活动的参加者们把这种漫无目的的感觉称为"写作月后忧郁症"，或者"小说写作后抑郁症"。不管称它什么，我在过去的每一次写作月活动中都对此深有感触。在写作第四周快要结束的时候，我好像被迫从一个美好而又疯狂的梦中惊醒一样，我不知道自己该怎么办，唯一想做的就是继续我的小说创作，让我的故事在脑海中恣意盘旋。

但是，截止日期一到，我与那个虚幻世界的联系就戛然而止，现实世界便迎面扑来。当你在这一周经历了作家激情逐渐减弱之后，大量的常规工作和俗务会如倾盆大雨般落在你的身上，你在过去一个月里因为集中在写作上而推迟的日常琐事现在都不能再拖延了。

面对这些现实生活中杂七杂八的事情，你的第一反应肯定和我一样：逃离现实，退回到小说世界中；屏蔽现实的世界，退回到小说的虚构王国中去，在那里你可以随心所欲，不问世事。

你不能那么做。

尽管你在过去的一个月中收获很多，但要知道，平衡的生活方式才是持续写作的最佳保障，包括去商店购物、和别人聊天时用完整句，这些都是生活中不可或缺的组成部分。不管你多么不想回归现实生活，你都应该至少有几周的时间暂时离开小说世界，让你的

第九章　小说截稿后续工作

日常生活恢复正常节奏。这也可以让你对自己刚刚写完的小说有更客观的看法。

相信我：小说世界还在原地等着你的归来。现在，你的家人、朋友和你欠了人情的那些人正在召唤你。在过去的一个月里，成功地避免他们的干扰使你专心致志地写作，而在接下来的一个月里，花点时间和他们重新恢复熟悉的关系吧。

等你把这些问题都处理好之后，当你的生活重新恢复了平静，当你能够以更加客观的角度看待自己的小说稿，这时候，你就准备好进入下一段可怕的历程了：重读自己的小说稿。

翻看小说稿，决定是否要修改

经过一段富有成效的休息和生活调整，和你的小说约个时间见面吧。抽出一整个晚上的时间，关掉手机，不要会客，也不要拿红笔修改错别字。用几个小时的时间重新熟悉你的小说。

在阅读自己小说的过程中，你会很愉快，很惊奇。它一点也没有你想得那么糟糕，尤其是看在你花了一个月心血的份上。等到从头到尾逐页看完小说之后，你要问自己这样一个问题：我愿意用一年的时间来修改完善这本小说吗？

你的回答也许是不愿意。这未尝不可。本书不仅致力于告诉你怎么发挥想象力去写小说，而且也希望对你的小说出版提出建议。人生纷繁忙碌，我们必须有所选择。如果你觉得自己刚写完的小说尚不能令你满意到有必要修改后出版的程度，那也情有可原。

我写过的12本小说中有4本属于没有进一步修改并出版这一类。这种情况第一次出现时，我很难过。那是我在第二次小说写作月时完成的小说,我在本书第二章中提到过我犯的这个错误:我对塑造小说人物的期望太高了,不知不觉把"第二大宪章"中各种各样自己不喜欢的写作要素都运用到了小说中。对于第二次参加全国小说写作月活动的写作者们来说,这是一个很普遍的错误。

第二年,我以为我吸取了教训,但是又一次遭遇了失败。这次,我把人物从头到尾都控制得太紧了,以至于最后描写过度,充斥着令人瞠目结舌的废话,完全没有给读者留下想象的空间。

我总结了一次又一次小说写作的失败教训,觉得"不苛求完美"不再是我通往小说创作成功之路的有效途径,反倒成了证明我自己是个白痴的最佳标志。不在乎自己写得糟糕透顶还是尚可接受,固然是件幸事,但如果不在乎自己写得糟糕而且还连着两年犯同样的错误,则令人灰心丧气。

然而,就在我准备把笔记本电脑扔到垃圾粉碎机里的时候,一个朋友给我发来了著名平面设计师布鲁斯·毛的一些名言。其中一句说到了我心坎上。

"一定要热爱自己的尝试(就像你热爱自己面容丑陋的孩子一样),"毛的座右铭是,"充分地自由发挥,让你的作品成为美好的尝试,重复、尝试、实验、犯错。眼光要长远,每天都让自己享受失败的乐趣。"

这句话听起来好像陈词滥调,但是却改变了我对自己两本失败的小说的看法。作为文学作品,这两本小说也许差得一塌糊涂。但是作为文学创作的尝试,它们却具有很多值得引以为戒的参考价值:错误的情节转折,受到误导的决定,让人羞愧难当的败笔等等。正是这些尝试和错误,让我知道哪些东西不应该写。这也让我在写第四本和第五本小说的时候快乐地追求我应该写的东西。

经历了这么多之后,我的感悟是:失败,而不是成功,能够给我们更多的灵感和启示。即使你的小说难以通过修改得到挽救，你的想象力却得到了巨大的发挥，所以，无论下次再迎接什么样的创造力方面的挑战，你都能够更加轻松地应对。

如果看完自己的小说，你的回答是愿意修改——那就卷起袖子，接着读下去。

听取别人的意见

听取别人对你小说的意见，既可能对小说修改有巨大的帮助，也可能让你很沮丧，关键看你是否找对了人。如果在修改之前想听取别人的意见，要注意以下几点：

选择和你文学品味相近的人：这一点至关重要。虽说不管什么类型，只要是好故事大家肯定都喜欢，但这个时候，最好还是找一个理解并喜欢你所写的故事的人。他不仅能够更好地欣赏并阅读你的书，他的评价也会更有针对性，更适合你的需要。

选择说话委婉而有技巧的人：不管一个作家的脸皮有多厚，在听到读者对自己作品的裁决时还是会心惊胆战。所以你在选择自己小说的第一个读者时，一定要找既说话诚实，又有善意的人。如果第一个读者的批评意见就让你永远断了写作的念头，这可不是你想要的。

告诉他你想听到关于小说哪方面的意见：你希望读你小说的人关注你的打字错误？陈词滥调方面的问题？大的场景和故事走向？担心对话不自然？告诉那个人你希望他在哪个具体的方面给出意见，这样你才能得到更有针对性的反馈。

耐心聆听：当那个裁决时刻到来的时候，你要认真听，仔细记，扼住想要争辩或者反驳的冲动。尽量多提问题，让读你小说的人把他的意见和盘托出，从小说的篇幅到他所喜欢的场景等等，畅所欲言，无所不谈。

为小说删除部分创建文档

就像开始写小说的时候，要在电脑上创建一个名为"小说写作备注"的文档一样，在修改过程中，也应该创建"小说删除部分"的文档。只要在修改时删除的长度超过几句话，都转移到这个文档中。也许你以后会改变主意，又想恢复这些删掉的场景。而且几十年后，如果有传记作家围在你家门口想为你写本传记，那时候，你肯定希望手头有一本未删节的小说原稿。

削砍树桩：修改遇到的难题

小说稿的修改是为了出版小说——就是人们争先恐后到书店里购买的版本——做准备。你用30天写出的小说就如同一个巨大的、多枝节的树桩一样。它体型巨大、笨重异常，你能在一个月内创造出这么个庞然大物的确令人称奇。但是它现在未经修剪，还不适宜见人。

经过削砍打磨，这个树桩将变身为一件轻盈、精美的乐器；你的小说稿也是一样，经过修改和编辑，最终会让书稿代理人满怀敬畏和神奇，用双手把它抱在胸前，视为珍宝。

你要做出大量调整、确认和取舍，直到小说达到出版发行的质量标准。这是个巨大的挑战。书店里的那些小说绝大多数都经过不止一次的修改，甚至是很多次的反复修改。如果你认识到这一点，那你就开始明白，即使最年轻的职业小说家为什么也显得那么苍老。他们的长相总是看起来比实际年龄沧桑和凝重好多，就像经历了一生的难以言表的悲剧和苦难一般。

不过，好在修改的过程虽然辛苦，却完全值得。把你的小说从草稿打磨成一件闪闪发光、让人惊叹窒息的艺术作品，这个过程和你写初稿时一样：快乐与灾难并存。这种感受在修改中有时可能更为强烈。

一个重获写作灵感的作家

盖尔·布兰蒂斯

我一直都是一个写作顺畅的作家，只要坐下来，就能让文字从笔端涌出。2002年，我成为一名作品能够发表的"作者"。从一个充满喜悦的高效率写作者到作品能够出版的作者的转变，让我突然认识到读者比我想象的要复杂得多。这一角色的转变让我感到美妙而心怀感激，但同时，我也感受到了前所未有的压力，因为我要写出读者期待的、有市场的作品。这让我失去了写作的乐趣。在写作的时候，我开始变得小心翼翼、自我封闭。我的第一本书叫做《果肉：女性写作者的灵感之源》，写这本书其实很有讽刺意味，虽然它在讲述写作多么丰富多彩，但其实我当时的写作生活是那么苍白无趣。

在巡回促销新书的过程中，得知我的小说《死鸟之书》获得了芭芭拉·金斯沃尔的贝尔维德小说奖，而且哈珀柯林斯出版集团明年会出版这本小说。虽然我知道这个消息之后也很兴奋，但是它不仅没有促进我的小说写作，反而让我更加缺乏创作的动力和灵感。我开始担忧：我的作品如何才能配得上如此殊荣。

后来，我的一个朋友给我说起了全国小说写作月活动，我想这值得一试——如果我强迫自己在这么短的时间内写一本小说，那将是一种解脱：我就不会有时间去担忧自己的小说到底好不好，也无暇顾及别人会怎么看待我的作品。结果正是如此。只顾放心大胆地往下写，让我放松下来。写作又变得轻松愉快、自然流淌了。我钟爱的《死鸟之书》中的人物重新开始和我说话了。我在那个写作月中写出的小说使我像重新充电了一样，找回了写作的快乐和灵感。

在巡回促销小说《死鸟之书》的时候，我岳父杰克被诊断得了脑瘤，所以我早早坐飞机回家看他。在飞机上，我因为这件事情心情低落，不想与人交谈，不过我旁边的一位女乘客和我聊了起来。她的哥哥最近因为脑瘤去世了，所以我们很有共同话题。她提到她去参加设在自助储物间的拍卖会，把从拍卖会上赢来的东西在自家庭院当旧货出售。我从来没有听过这种事，所以听得津津有味。不幸的是，第二周杰克就去世了。在11月的全国小说写作月开始的时候，我还沉浸在对杰克去世的悲伤情绪中。我会经常想起在飞机上遇到的那个女乘客以及她讲的自助储物间拍卖会的事情。于是，我决定以她的故事作为我2003年全国小说写作月活动的小说蓝本。我感觉杰克又出现在了我小说的字里行间。

我很高兴，那次创作的小说《自助储物间》于2007年由兰亭图书公司出版，那是我一次所签的两本书中的一本。

当然，我的这本小说是献给杰克的。小说写作月活动不仅让我的写作回到正常的轨道，同时也让我保存了对一个好人的宝贵记忆。

从大刀阔斧到精雕细琢
（一个秘密武器的回归）

以我的经验来看，修改的基本法则是：放慢速度。对于我们这些匆匆忙忙在一个月写一本小说的人来说，尤其如此。如果你在修改小说时还像写草稿时习惯的那样以无畏的热情大胆取胜，你就会错过在第二次修改时应该注意到的细致的拿捏定调和微观调整等几乎所有的细节问题。

这种放慢的节奏一开始很折磨人，尤其是你明知道还有很多需要修改的地方时。但是，修改就是这样：要细心专注、紧皱眉头，只能一页一页地修改。大刀阔斧高歌猛进的日子已经过去。从现在起，我们要使用切割钻石的细刀片和牙医用的小镊子精雕细琢。

当然，还有一个秘密武器。

不同于我们在第一章提到的秘密武器——写作截止日期——这个写作助手其实是你早就熟悉的老朋友。这就是你在过去一个月的写作中一直关闭的自我检查机制。

是的，现在是激活你的自我检查机制的时候了。

我知道，你肯定觉得这不是什么好事。在过去的一个月里，没有它，你的写作很舒心，不会有吹毛求疵的自我苛责，不用理会追求完美的自我质疑。

但是，只有你的自我检查机制能够帮你挑出小说稿中所有需要改进的地方。而且，你的自我检查机制之前被关闭了一个月，这对它大有好处。它已经被驯服和柔化。我敢说，它应该变得比较善意和温和了。坦白地说，我认为，在没有它帮助的情况下，你便写出如此出色的作品来，从这一点上讲，也应该能够让它变谦逊。

所以，那些尖酸刻薄、讽刺挖苦的日子已经过去。从此刻开始，它的批评将会（绝大部分）是建设性的。我相信在这种机制的帮助之下，你肯定可以把自己的小说稿修改得更加完美。

那么，你准备好激活它了吗？

重新激活自我检查机制

轻触按钮，它就回来了。

现在，让我们全身心投入小说稿的修改吧。

大结构图：理清你的小说框架

首先，拿出打印好的小说稿和一支漂亮的笔。不要用红笔，可以用紫色或者绿色的笔。按照章节顺序把小说通读一遍，在每一章第一页的页边空白处记下如下内容：

1. 本章出现的人物
2. 发生的行为动作

下面举例说明如何在页边做笔记："第二章：我们见到了爱慕已久的菲尔，他像个傻瓜一样高兴；同时得知艾米因为马上要被安排嫁给猩猩之王撒迪厄斯而闷闷不乐。"

或者："第四章：在这一章，从必胜客进行的强制药物检测中，

第九章 小说截稿后续工作

小说主人公得知比尔得了一种罕见的麻风病,而且他得知,比尔以为自己可以借助深夜电视通灵节目的帮助治愈此病。"

这次回顾的目的是理清小说的主要结构,看看小说情节如何环环相扣,次要情节如何在各章发挥作用。你在分析自己列出的小说人物和情节框架时眼光要冷静、客观,就好像一个汽车修理工第一次看到原装汽车一样。这个时候,你需要弄明白机器如何运转。至于引擎如何驱动汽车行驶,以及加装重要的加速运送带和汽车挡板等,则是以后的工作。

我修改后的小说如何在华纳出版公司出版

兰妮·戴安·里奇

我的第一本书是在 2002 年的全国小说写作月活动中完成的《减刑》。当时,我的一群朋友都在参加这个活动,在他们的带动下,我也参加了。那年 11 月 25 号,我完成了 50 005 字的小说稿(我可不是一个贪婪的作家)。然后,我把这个成就挂在嘴上唠叨了一个假期,在聚会上逢人就说:"嗨!你知道吗,我写了一本小说!"

当你写完一本小说,你自然会想着出版它。当时,我在家照顾孩子们,整天忙碌不堪,一有机会就忙里偷闲写作,这样做让我平静。于是,我有了做一个职业作家的想法。我把《减刑》的小说稿修改后,让我的朋友们提意见。很幸运,我的一个朋友在读了小说的第一章之后,就把我推荐给了她的书稿代理人。她的代理人很喜欢我的小说,而且还和我签约了!她把我的小说寄给了华纳图书出版集团,六个星期之后,我得到了华纳一份两本书的图书出版合同。更为让我惊喜的是,2005 年 7 月,我的小说《减刑》

获得了丽塔奖最佳处女小说奖！所以，事实证明没有什么是不可能的，只要你努力，梦想其实离你很近。

的确，我在小说出版之路上算是有点幸运。一般情况下，人们经过数年努力才有可能出版小说。我的运气像搭上了火箭，撞上了光电般的成功速度。但是，不要管能否很快出版，只要你的小说足够好，总会有那么一天。从那以后，我和两家出版公司签约（《也许吧，宝贝》于2005年6月由华纳永远公司出版，这也是在小说写作月写出的小说），共出版了六本书。如果我可以做到，那你也可以。重要的是坚持写作，而且允许自己写得很糟糕，如果这样能够让你保持写作热情而不给你太多压力的话。如果你写得糟糕，总还可以修改。如果总是白纸一张，不去动笔写作，那么你的小说家梦想就无从谈起。祝你好运，开始写吧！

排放小说卡片

在你按章节顺序把小说做了细致的分析之后，你的故事框架就清晰可见了。如果你的故事情节连贯通畅，你会感到激动；如果故事情节牵强附会，你可能就要郁闷了。不管故事情节多么紧凑、连贯，肯定还有很多不足之处，需要完善。这就是我们接下来要做的。

首先，请把你的故事情节大纲按照可以调换位置的方式展示出来。我喜欢把故事大纲写在六英寸长四英寸宽的卡片上。不过你也可以用电脑上的幻灯片、电子表格或其他方式，只要你的小说故事情节大纲写上去可以随意调换位置即可。

然后，把小说每一章细化为不同场景，给每一个场景创建一张索引卡（或者幻灯片等），在索引卡上标明和你做的每一章分析同样的信息——这一场景中出现的人物和发生的行为动作,以及这一场景在推动整个小说情节发展中的作用。

等你给每个场景都做好一张索引卡之后,把这些场景卡片按照它们在你的小说中出现的顺序摆好。用一支铅笔之类的东西将这些卡片分到不同的章节里。然后你就会惊叹:这些卡片摆成一条直线,它们躺在你房间地板上或书桌上,所展示出来的一长串行动就是你的故事情节,你一个月的创造成果一目了然。

去掉某些卡片

现在是拆分并重新组装你的小说引擎的时候了。在检查小说故事的时候,你肯定会发现很多随意的略写和偏题离题的描写。在写作小说初稿的阶段,这些是为了促生新想法和新视角的尝试。说实话:这也是当初为了凑够字数才走的捷径。

不必为此感到惭愧。但是,现在你要决定哪些内容与小说主题息息相关,哪些可以删除或必须删除。在浏览小说卡片的时候,把那些很明显为凑字数的场景卡片拿开,放在一旁。如果你拿不准这个场景是否重要,就暂时保留。

接下来,看看你的小说卡片上留下的那些人物。一般在写小说初稿的时候,我们会塑造出超过小说实际需要的人物。有些人物只是别的人物的简单重复,有些人物可能是较早的、那些离题情节的残留。

你在检查小说中这些人物的时候,想想看,所有这些人物是否都有存在的理由。他们能够推动故事情节的发展吗?如果不能,就要加以筛选、删除和修改。不过,也不要太冲动:在删除小说人物的时候,你也许会发现一个虽然与主题无关,但很有趣的小人物,可爱得你不情愿把他驱逐出你的小说。如果是这样,你也可以把他留下来，只是你需要设法让他与小说主题的关联性更强一些。如果必要，再制作一些卡片，帮助提醒你增加一些需要写进去的新的情节和场景。

一旦你的小说人物阵容正式确定下来，便要考虑每个人物是否都塑造得很恰当。有些人物可能需要你花更多的时间继续雕琢。在本书的第五章，我们提到了合理分配每个人物的篇幅十分重要，尤其是在采用第三人称叙述或者多视角叙述的时候。

如果你采用多视角叙述，那就要想想每个人物的塑造是否连贯。你是在不同的章节中讲述每个人物的故事吗？如果是这样的话，你最好在小说的每个章节叙述中采用不同的人物叙述视角，这样你的小说也许会更加有力。

小说卡片大调动

在修改小说的框架结构时，下一步需要做的是：弄清楚小说的步调节奏。在前面的修改中，你已经去掉了小说中所有明显的累赘，也明确了所有重要的内容。现在应该考虑的是：流畅性、张力和效果。

这就是使用卡片的好处：你可以随意调换它们的位置，通过不同方式的组合，把故事情节分开，然后重新安排。现在，请故意这么做，尝试不同的情节结构和想法，直到找出美妙绝伦、让你赞叹惊呼却又好像势在必行的故事情节。你会发现有更多的场景需要删掉，或有更多的漏洞需要填补。如果你不知道怎么样才能更好地组织小说，可以随机挪动那些卡片，有意识地对每一件事进行大的调整。有时候这种看似随意的重新组合可能会给你的故事开启新的发展主线，给曾经艰难行进的小说情节带来甘甜、清冽的阅读快感。

在重新调整的过程中，你要考虑以下问题：小说是不是开头很精彩，但是结尾部分却不尽如人意？开头几章是否描写太多，而人物的行动较少？在小说叙述的时间安排方面，你用的是直截了当、顺叙的方法吗？你使用了倒叙和回忆来让故事从现在回到过去，从而时空交错了吗？如何调换场景以增强小说的戏剧性、喜剧性和悬念？

如果你最终确定了一个小说场景安排的最佳顺序，请把这些变化落实在小说稿上。通过剪切和粘贴，将这些改动的场景放在正确的顺序上，但要尽量避免增加新的场景。如果你需要重新写作新的场景，可以为那个场景先留下占位符，等小说场景顺序全部调整好之后再重新写。不要因为一些不重要的细节而陷入泥沼，推倒重来。

小说修改通常需要多久？

小说稿修改需要用的时间当然因人而异。但是一年的时间比较合适。如果你对修改兴致很高，而且每个周末都能够用来修改自己的小说，半年应该就可以完成。当然，你也可以选择上小说修稿课。比如注册参加免费的"全国小说修改月"（www.nanoedmo.org），负责人是一位写作月活动的老成员劳拉·阿伊尔。"全国小说修改月"会给你制定一个修稿计划和一个截稿日期，督促你在3月份抽出50个小时修改小说稿。

细节修改：打磨你的小说语言

现在要拿出牙医使用镊子的态度，单独进行一个修改环节，有计划地进行逐字逐句的修改，以便让小说更加简洁、精致。这是个非常漫长的过程。虽然每一份小说稿的情况都有所不同，但对于一个月内写出的小说，在修改过程中有许多共同的细节问题需要注意。

第一个问题就是语言僵硬。你在通读小说的过程中可能会对语言的呆板苍白有点吃惊。描写粗糙匆忙，对话刻板无趣，这些问题都是你在如此短的时间内快速完成小说写作不可避免的。

修改过程是一个对语言精雕细琢的绝佳机会，这恰恰是小说初稿写作时难以做到的。在修改过程中，一定要长短句交替使用，让你的描述更加灵活生动。同时，也要注意形容词的搭配和比喻手法的使用，比如，可以说"冰冷的蓝眼睛"，而要避免用"像钢铁一样的陷阱"这种表达。在修改的过程中要多花时间加入新颖、准确的描写。

人物对话也可能生硬唐突。要仔细检查人物说的每一句话：注意人物的对话是否自然、真实、贴近人物的性格。在小说初稿的写作中，那些不必要的对话会增加小说字数。所以，认真检查对话的内容，想想是否每一个对话都对情节的发展起到了必要的作用，或确实有助于揭示人物性格，如果没有，就重写或删除这些对话。

在一个月写出的小说中，还有一种容易改正过来的比较常见的问题：你在写小说的过程中会不知不觉地将生活中的真实细节和文化元素用在故事背景中。在描述某个场景的时候，你可能会把写作时任何方便使用的素材信手拈来，作为小说中的故事背景。你可能会让你的主人公哼唱一首写作时电台正在播放的歌曲，或者你的人物对你最近看过的电影和书籍发表长篇大论。

很多时候，这些信手拈来的背景元素用到小说里非常贴切。不过，在修改过程中，你要用怀疑的眼光审视这些细节和即兴发挥，尤其是那些你直接从自己的现实生活中照搬和借用的背景元素。借用现实生活中的歌曲、电影和其他流行文化作品都是很好的做法，这可以丰富你的小说内容和意义，但是如果使用不当，则得不偿失。

你在修改小说稿的时候还需要耐心谨慎地查阅资料，核实很多细节的准确性。这些问题都是在写初稿的时候顾及不到、也无须担心的，但是现在情况就不同了。如果你的小说中写到了印度尼西亚的雨季，那么，你描写的雨季来临的月份准确吗？如果你的小说想说芬兰人是因为吃杯形蛋糕才发胖的，事实果真如此吗？如果你提到了唐棣属植物，它是什么？究竟生长在哪里？网络可能会帮助你解决这些需要核对的事实问题。

为你的书找合适的书稿代理人

在你把小说稿修改完毕之后，就应该找书稿代理人了。祝贺你！我咨询了书稿代理人阿里尔·艾克斯塔特，她为纽约的一个书稿出版代理中心"莱文-格林伯格"工作，同时也是《图书出版基本指南》一书的作者之一。就如何把书稿寄送给代理人，她提出了如下建议：

规则一：不要把初稿寄给代理人。将自己的书稿寄给代理人之前，一定要尽自己最大的努力把书稿修改完善到最佳状态。事实上，最理想的是在寄给代理人之前，找一些人阅读你修改后的书稿并提出意见，因为你可能无法客观地看待自己的小说。你要找的最好的阅读者是那些真正愿意到书店买你的书看的人。当然，你也可以找亲朋好友帮你看，不过如果你写的是科幻惊悚小说，而你的妻子喜欢的是19世纪英国小说，那还是找别的能够欣赏你的小说的人看吧。

规则二：不要随意选择代理人。就像在寻求阅读反馈时需要找那些喜欢读你的小说的人一样，你在寻找代理人时也要找能够欣赏你的小说的代理人。那么怎么找到这类代理人呢？可以看看那些和你的小说声音、风格和内容类似的小说，翻一下它们的"致谢"部分。作者通常都会在这一部分感谢他们的书稿代理人。这样，你就会找到好多代理人。然后，要查看一下赫尔曼图书公司出版的《作家书稿代理、编辑和出版指南》一书，看看哪些代理人有可能代理你的书稿。之后，你就可以写信给这些代理人，向他们解释你为什么会选择让他们代理，为什么觉得自己的小说比较符合他们的书稿要求。

规则三：将你的咨询信件同时寄给多个代理人。如果不这么做，你可能等25年都等不到他们的回应（参考规则五）。注意：不要在寄咨询信件的同时将书稿也寄去，等代理人让你寄书稿的时候再寄。除非你是用电子邮件和他们联系，如果是这样，你可以在附件中附上你的书稿（或者只是前几章）。你也许会问为什么这样做，主要是因为电子邮件附件不会占用他们已经拥挤不堪的办公空间。

规则四：成败在于细节。在寄出书稿之前，一定要确保包装细节处理得当。如果书稿页数比较多，要把它装在一个结实牢固的文具袋里，同时，要把你的联系方式写在咨询信件及小说首页上。在书稿的每一页的页眉或页脚处都要写上小说名、你的名字以及页码。书稿要双倍行距、单面打印，不需要装订。在书稿打印出来时要仔细查看是否有破损页。如果你不擅长这些耐心细致的工作，在把书稿寄走之前，找个人帮你仔细检查一遍所有的细节。

规则五：要有耐心。有的人寄出书稿和咨询信一年之后都没有得到任何回应，这种事并非闻所未闻。所以在找

第九章　小说截稿后续工作

代理人的过程中一定要有耐心。记住：没有回应并不代表一定是坏消息。相反，不要害怕进一步跟进询问，尤其是代理人已经看过你的书稿时，更应该跟进联系。每隔两周打个电话友好地问候一下最为合适。

书稿出版前的最后叮嘱

每次我说到关于小说做大框架调整和细节修改的时候，总会听到很多小说写作月活动参加者的抱怨："现在的图书市场这么不景气，我可能根本就没机会出书。我何必浪费时间修改呢？"

面对这个问题，不禁想到了我的朋友布伦特。他是一个工程师，工作的时候他总是在处理那些复杂得难以置信的数学公式和代码。

在周末的时候，布伦特会去玩垒球。

现在，布伦特的垒球玩得也不怎样。他上大学的时候打排球，是排球校队的成员，他的扣球和拦网极具威慑力。他还被强拉硬拽参加了学校的篮球队。

但是对于垒球，布伦特还得好好学。这也是他为什么去玩垒球的原因：挑战自己，让自己多学习、多成长。运动之后和大家一起喝喝啤酒，也是一大快事。

只要一听到有人说他们不愿意花时间投入可能没有回报的事情上，我都会问他们周末有什么娱乐消遣。

不管他们周末是在篮球场上挥汗如雨，还是煞费脑筋地拼图，甚至是疯狂地玩电脑游戏，他们都不是为了获得什么几百万美元的回报，而且也不是因为这能让他们出名吧。

绝对不是。他们做这些事情不是为了名利，而只是因为喜欢。

因为他们喜欢比赛，因为他们想和朋友们一起玩，因为这样能彻底放松自己，尽情享受一项活动带来的快乐，这种感觉实在是太好了。

写小说也是一项娱乐消遣活动，而且你还不需要运动，只要坐在椅子上安静地写就好了。我就是这么鼓励写作者修改小说稿的。你可以把修改的过程当作是在球场上玩垒球，没有赌注，也没有压力。没有人在一旁观看或指指点点。就好像你在和一群三年级的小朋友玩垒球一样，他们容易分心走神，没有比赛经验，你说怎么做他们就怎么做，你就像是体育老师。

好吧，这也许不像和三年级的小朋友玩垒球那么简单。不过，你应该知道我这么说的意思。总之，不要浪费时间去想关于代理人、出版商和图书市场的问题。写作只是你自己的事情，只要它能带给你快乐就好。再者，如果事情顺利，说不定几十年后你的英雄业绩会被载入文学史册，让人分享。

即使现在写的这本小说不能出版，只要你坚持写作，总还会写出下一本。之后还会有下一本。所以，继续写下去。坚定步伐，敢于冒险，认准目标。每一天都是新的开始，而且从今往后，它只会越来越好。

致　　谢

首先，我要感谢全国小说写作月活动的所有工作人员、参加者和市政联系人，没有你们，就没有每年11月份举办的全国小说写作月活动。

我还要感谢给我动力和能量的我的两位编辑：莱斯利·乔纳森和杰夫·坎贝尔。你们的鼓励、支持以及对书稿的专业加工给了我莫大的帮助。

也要感谢出色的书稿代理人阿里尔·艾克斯塔特，感谢她耐心、热情地提供关于书稿出版的指导意见和建议，让这一切成为可能。

感谢所有全国小说写作月活动的参加者和支持者，没有他们，就没有这本书。这些参加者和支持者有：蒂姆·隆尼斯、丹尼尔·布伦特·瑟西、凯瑟琳·道奇、罗尔夫·尼尔森、米歇尔·史密斯、温迪·史密斯、米歇尔·波斯纳、克里斯蒂娜、维多利亚·施勒辛格、劳拉·爱雅、艾琳·奥德、马特·尼尔森、泰勒、里奇·托马斯、张爱德、丽莎·艾克斯坦、艾米·普罗布斯特、乔迪·布兰登、莎朗·芙恩、苏珊·罗杰斯、卡拉、卡拉·阿金斯、詹妮弗·麦克里迪、罗素·克里默、艾哈迈德、詹妮弗·布莱恩、珊迪·菲拉斯、菲奥纳·胡安、马克、劳里·杰克逊、麦克·西斯列克、安德鲁·约翰逊、亚历山德拉、德尼斯、布莱恩·鲍尔丁、瑞恩·邓斯穆尔、卡罗琳·劳伦斯、金伯莉·曼克莱斯、劳拉·哈斯汀斯、米歇尔·

马奎斯、西布莉·梅、史黛西·卡茨、卡萝·麦克贝、拉尼·戴安·里奇、麦克·西罗伊斯、费斯、伊恩·达德利、蕾切尔·扬、艾米·伊森、艾尔克·西斯科、泰迪、丹·拉齐、本杰明、安·卡素尼奇、麦克法雷、茱莉亚·卡迪斯、汤姆·拉斯·乌曼、艾米·隆巴迪、安迪·格林沃尔德、丹·桑德森、格伊里·布兰迪斯、戴安·里斯、米歇尔·布赫尔、帕特里克·维莱恩、詹妮弗、詹姆斯·希尔兹、艾瑞克·道尔蒂、艾莉西亚·贝尔金、库拉·德弗林、布伦达·塔克。

最后,我要衷心感谢的是艾莉·卡尔,如果有朝一日这本书被改编成电影,她绝对是出演女朋友、教练、拉拉队队长、厨师和资助人的不二人选。

译后记

30天写一部小说，听起来像玩笑，却是一项开展了十余年的活动。先后有20几万人参加，很多人借此契机写出了自己的作品，实现了自己的文学梦想。这本书就是自1999年以来美国每年一度的"全国小说写作月"（NaNoWriMo）活动倡导者的经验总结，还穿插了活动参与者的现身说法。

参加过30天写小说活动的人和我们一样，很多都不是专业的作家，开始并没有写作的想法，他们觉得上网、聊天、打球、购物都比写作更有趣，而且在写作之前，就是这么一天天过来的。他们很多人都没有写作经验，只有小学开始在语文课堂上写过作文，还有流水账一样的日记，还有自娱自乐的博客。很多人没有进行过专门的写作训练，对于情节设置、人物塑造、倒叙和插叙的作用没有什么了解。很多人对写作充满了迷信和疑惑，他们相信写作需要天才，而他们明确知道自己不是天才。很多人总是觉得作家要么很神圣、要么很神秘，写作的天才与自己无关。很多人比我们还要忙碌，他们大都有一份正式的工作，白天需要上班，而下班后回到家里，需要做的事似乎比上班还要多。

他们又和我们不一样。因为他们相信，在30天的高强度写作压力之下，在全美乃至世界各地和他们一样的人相互鞭策和激励下，在有了那么多的成功范例的鼓舞下，30天写小说也许值得尝试，他们也许能够成功。即使不成功，也不会有什么损失。他们和我们的不一样之处仅仅在于：他们参加了尝试，而且受益颇丰。这改变了他们对写作的看法，改变了他们对自己的想法，也改变了周围人对他们的看法。

写作其实是人人可为的。确立了5万字的标准，确定了最后的写作期限，只要坚持不懈地写下去，人物会浮现眼前，情节会逐渐展开，想说的话、想写的事会争先恐后地涌向笔端。5万字的作品是一字一字写出来的，时而写得快，时而写得慢，时而顺利，时而停顿，不存在一蹴而就的天才。

这本书鼓励我们，30天写小说不但值得尝试，而且可以做到。当然，这需要种种准备，包括物质上、心理上、工作条件和写作环境等等。对于相关的准备，无论巨细，书中都有全面的总结。对于我们需要注意的事项，面面俱到，书中都有详细的交代。唯独不需要的是：对写作的犹豫、对完不成写作的担忧和顾虑。这是这本书试图说服你相信和接受的观念。

我们每个人都有梦想，都有思想，都有充足的写作素材，都装着很多的故事和人物。但是，我们似乎没有心情理会自己的梦想，没有闲暇整理自己的思想，没有时间打理自己的素材，没有心思顾及和照料自己的人物。借口是：我们没有学过写作，我们没有写作的天赋，我们太忙。于是，我们的梦想成了作家的梦想，我们的写作素材成了作家的作品，我们的故事和人物一次次与我们擦肩而过，我们的思想依然是我们的思想，而不能与人分享。

尝试一次吧，又能有什么损失呢？顶多还是和从前一样。

如果能够达到写作的目标，那我们能够得到的收益，不管大小，都能与人分享。如果我们能够写出自己的作品，这也许意味着很多很多——我们儿时的憧憬，我们对作家的向往，我们的勇气的证明，

译后记

我们文学之路的无可限量，我们想做一件事而且做到了的可以期待的信念，还有，我们很久就想说却无从说起、无人可说的秘密，我们心灵深处一直以来的渴望、信念与梦想……

也许我们真的可以做到。

刁克利

2013 年 2 月 23 日

"创意写作书系"介绍

　　这是国内首次系统引进国外创意写作成果的丛书，它为读者提供了一把通往作家之路的钥匙，帮助读者克服写作障碍，学习写作技巧，规划写作生涯。从开始写，到写得更好，你都可以使用这套书。

"创意写作书系"丛书书目

非虚构类写作指导		
书名	作者	出版日期
自我与面具：回忆录写作的艺术	玛丽·卡尔	2017年10月
新闻写作的艺术	纳维德·萨利赫	2017年6月
回忆录写作（第二版）	朱迪思·巴林顿	2014年6月
写作法宝：非虚构写作指南	威廉·津瑟	2013年9月
写出心灵深处的故事——非虚构创作指南	李华	2014年1月
★故事技巧——叙事性非虚构文学写作指南	杰克·哈特	2012年7月
★开始写吧！——非虚构文学创作	雪莉·艾利斯	2011年1月
虚构类写作指导		
小说的艺术：给青年作者的写作指导	约翰·加德纳	2019年10月
超级结构：解锁故事能量的钥匙	詹姆斯·斯科特·贝尔	2019年6月
人物与视角：小说创作的要素	奥森·斯科特·卡德	2019年3月
从生活到小说（第三版）	罗宾·赫姆利	2018年1月
小说写作：叙事技巧指南（第九版）	珍妮特·伯罗薇等	2017年10月
★成为小说家	约翰·加德纳	2016年11月
小说创作谈	大卫·姚斯	2016年11月
如何创作炫人耳目的对话	詹姆斯·斯科特·贝尔	2016年11月
小说创作技能拓展	陈鸣	2016年4月
故事力学：掌握故事创作的内在动力	拉里·布鲁克斯	2016年3月
写小说的艺术	安德鲁·考恩	2015年10月
弗雷的小说写作坊：让劲爆小说飞起来	詹姆斯·N.弗雷	2015年7月
弗雷的小说写作坊：劲爆小说秘境游走	詹姆斯·N.弗雷	2015年7月
经典情节20种（第二版）	罗纳德·B.托比亚斯	2015年4月
故事工程——掌握成功写作的六大核心技能	拉里·布鲁克斯	2014年6月
★冲突与悬念——小说创作的要素	詹姆斯·斯科特·贝尔	2014年6月
情节与人物——找到伟大小说的平衡点	杰夫·格尔克	2014年6月
★经典人物原型45种——创造独特角色的神话模型（第三版）	维多利亚·林恩·施密特	2014年6月
★30天写小说	克里斯·巴蒂	2013年5月

★情节！情节！——通过人物、悬念与冲突赋予故事生命力	诺亚·卢克曼	2012年7月
★开始写吧！——虚构文学创作	雪莉·艾利斯	2011年1月
★小说写作教程——虚构文学速成全攻略	杰里·克利弗	2011年1月
综合类写作指导		
与逝者协商——布克奖得主玛格丽特·阿特伍德谈写作	玛格丽特·阿特伍德	2019年10月
童书写作指南	玛丽·科尔	2018年7月
心灵旷野：活出作家人生	纳塔莉·戈德堡	2018年1月
来稿恕难录用：为什么你总是被退稿	杰西卡·佩奇·莫雷尔	2018年1月
大学创意写作·应用写作篇	葛红兵 许道军 主编	2017年10月
大学创意写作·文学写作篇	葛红兵 许道军 主编	2017年4月
从创意到畅销书：修改与自我编辑	詹姆斯·斯科特·贝尔	2016年1月
写作是什么：给爱写作的你	克莉·梅杰斯	2015年10月
故事工坊	许道军	2015年5月
写好前五十页	杰夫·格尔克	2015年1月
作家创意手册	杰克·赫弗伦	2015年1月
创意写作教学（实用方法50例）	伊莱恩·沃尔克	2014年3月
你的写作教练（第二版）	于尔根·沃尔夫	2014年1月
诗性的寻找——文学作品的创作与欣赏	刁克利	2013年10月
创意写作大师课	于尔根·沃尔夫	2013年7月
★一年通往作家路——提高写作技巧的12堂课	苏珊·M.蒂贝尔吉安	2013年5月
写好前五页——出版人眼中的好作品	诺亚·卢克曼	2013年1月
畅销书写作技巧	德怀特·V.斯温	2013年1月
成为作家	多萝西娅·布兰德	2011年1月
类型文学写作指导		
开始写吧！——推理小说创作	劳丽·拉姆森	2016年7月
开始写吧！——科幻、奇幻、惊悚小说创作	劳丽·拉姆森	2016年1月
弗雷的小说写作坊：悬疑小说创作指导	詹姆斯·N.弗雷	2015年10月
网络文学创作原理	王祥	2015年4月
好剧本如何讲故事	罗伯·托宾	2015年3月
写我人生诗	塞琪·科恩	2014年10月
开始写吧！——影视剧本创作	雪莉·艾利斯	2012年7月
青少年写作指导		
北大附中创意写作课	李韧	2020年1月
北大附中说理写作课	李亦辰	2019年12月
奇妙的创意写作：让你的故事和诗飞起来	卡伦·本基	2019年3月
会写作的大脑1：梵高和面包车（修订版）	邦妮·纽鲍尔	2018年7月
会写作的大脑2：怪物大碰撞（修订版）	邦妮·纽鲍尔	2018年7月
会写作的大脑3：33个我（修订版）	邦妮·纽鲍尔	2018年7月
会写作的大脑4：亲爱的日记（修订版）	邦妮·纽鲍尔	2018年7月
写作魔法书——让故事飞起来	加尔·卡尔森·莱文	2014年6月

创意写作书系·青少年系列

《会写作的大脑》（套装四册）

作者：【美】邦妮·纽鲍尔　出版时间：2018年6月

《会写作的大脑1·梵高和面包车（修订版）》

这是一本给青少年的创意写作练习册，包括100个趣味写作练习，它将帮助你尽快进入写作，并养成写作习惯。你只需要一支笔和每天十分钟，就可以加入这个写作训练营了。

《会写作的大脑2·怪物大碰撞（修订版）》

本书包含了100个充满创意、异想天开的写作练习，帮助你迅速进入状态，并且坚持写作。你在开始写作时遇到过困难吗？以后不会了！拿起这本书，释放你内心的作家自我吧！

《会写作的大脑3·33个我（修订版）》

在这本书中，你会用各种各样的工具、用各种各样的姿势、在各种各样的地方写作。它将帮助你向内探索，把自己的生活写成故事。

《会写作的大脑4·亲爱的日记（修订版）》

本书是那些需要点燃或者重启写作灵感的人的完美选择。无论何时、何地，只要你翻开这本书，开始动笔跟着练习去写，它都能激发你的创造力，给你的写作过程增加乐趣，并帮助你深入生活、形成自己的创作观。

面包师有办法

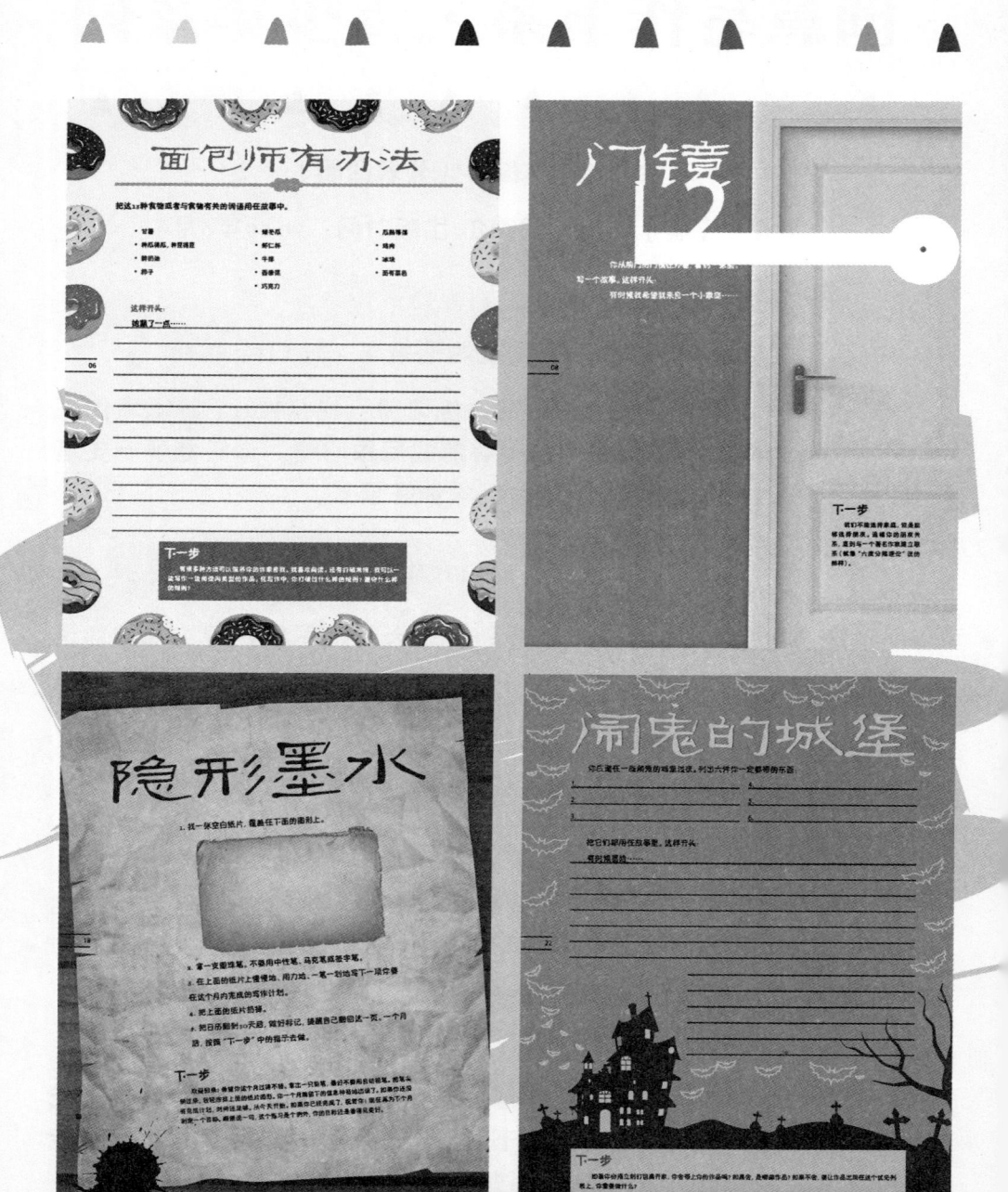

把这12种食物或者与食物有关的词语用在故事中。
- 甘薯
- 椰奶油
- 茄子
- 椰奶汤，咖喱酱
- 梨老瓜
- 椰汁杯
- 牛排
- 番茄酱
- 巧克力
- 瓜鱼蛋挞
- 烧肉
- 冰激凌
- 勇有菜色

这样开头：
他累了一点……

_____
_____
_____
_____
_____
_____

下一步
（说明文字）

门镜

你从门镜中看...写一个故事，这样开头。
有时候我希望变成另一个小梦想——

下一步
（说明文字）

隐形墨水

1. 找一张空白纸片，覆盖在下面的图形上。
2. 借一支圆珠笔，不是用中性笔，马克笔或签字笔。
3. 在上面的纸片上慢慢地、用力地一笔一笔地完成在这个月内完成的写作计划。
4. 把上面的纸片揭掉。
5. 把日历翻到30天后，写好标记，提醒自己翻回这一页。一个月后，按照"下一步"中的指示去做。

下一步
（说明文字）

闹鬼的城堡

你在这一座废弃的城堡过夜，列出六件你一定要做的东西。

1. _____ 2. _____
3. _____ 4. _____
5. _____ 6. _____

把它们写成故事吧，这样开头
闹鬼城堡的_____
_____
_____
_____
_____
_____
_____

下一步
（说明文字）

No Plot? No Problem!: A Low-Stress, High-Velocity Guide to Writing a Novel in 30 days by Chris Baty

Text copyright © 2004 by Chris Baty.

First published in English by Chronicle Books LLC, San Francisco, California.

Simplified Chinese version © 2013 by China Renmin University Press

All Rights Reserved.

图书在版编目（CIP）数据

30天写小说/（美）巴蒂著；胡婷，刁克利译．—北京：中国人民大学出版社，2013.5
（创意写作书系）
ISBN 978-7-300-17359-7

Ⅰ.①3… Ⅱ.①巴… ②胡… ③刁… Ⅲ.①小说创作-创作方法 Ⅳ.①I054

中国版本图书馆CIP数据核字（2013）第077555号

创意写作书系
30天写小说
克里斯·巴蒂 著
胡婷 刁克利 译
30-tian Xie Xiaoshuo

出版发行	中国人民大学出版社				
社　　址	北京中关村大街31号		邮政编码	100080	
电　　话	010-62511242（总编室）		010-62511770（质管部）		
	010-82501766（邮购部）		010-62514148（门市部）		
	010-62515195（发行公司）		010-62515275（盗版举报）		
网　　址	http://www.crup.com.cn				
经　　销	新华书店				
印　　刷	天津中印联印务有限公司				
规　　格	160 mm×235 mm　16开本		版　次	2013年5月第1版	
印　　张	12.25 插页1		印　次	2020年10月第5次印刷	
字　　数	147 000		定　价	39.00元	

版权所有　侵权必究　　印装差错　负责调换